与謝野 寛・晶子

心の遠景

上田 博 著

嵯峨野書院

巨人の影の下で――はしがきに代えて

今年の五月、ぼくは三一書房から『石川啄木〈知と発見シリーズ5〉』を出版した。四六判二百ページほどの小さな本であるが、ぼくとしては初の書下ろしの本で、中味にも愛着するものがあって、ここしばらくは暇さえあれば手に取って眺めているのである。二十歳の頃にほぼ同年齢の啄木に出会って、以後四十年も〈啄木〉に親しみ続けていて、当の啄木は永遠に二十六歳のままであるが、このぼくはすでに還暦を迎えている。「君もずい分物好きな人だな。」と小さな本の中から声が聞こえてくるのである。

十七歳の啄木が鉄幹・晶子を渋谷の詩堂に訪問したとき、鉄幹は岩手の小さな村からやってきた紅顔の啄木に、

「君、文芸の士がその文や詩をうりて食するは潔いことではない。詩は理想界のことであって、直ちに現実界の材料で作るのではないからね。」

と言い放って感動を与えた。このとき、鉄幹は三十歳、夫の側に「清高なる気品」を湛えて座していた晶子は二十五歳の若さであった。

二十二歳の秋、ぼくは卒業論文に「石川啄木」を書いて、鉄幹や晶子のものにも目を通していたはずであるが、全く記憶に残ってはいない。高校の教師に十六年間なっていたけれど、啄木の歌集を読んでいた記憶はあっても鉄幹・晶子のそれはない。結局、忘れ去ってしまうほどのことであったのだろう。人には相性があり、しかし、その相性も変化はするのである。

鉄幹と晶子に〈再会〉したのは五十歳を越えてからである。何かしらきっかけがあって、「明星」の現物をゆっくり読む日が訪れてきたのである。「明星」は鉄幹が創刊した雑誌で、明治三十三年（一九〇〇）から明治四十一年の間に百冊を発刊した、いわゆる第一次「明星」と、それから十三年を隔てて、大正十年（一九二一）から昭和二年の

間に四十八冊を出した第二次「明星」があるのだが、ぼくが手にして読んだのは第二次「明星」であった。たちまちのうちに夢中になった。鉄幹と晶子はもちろん、彼らの周辺に集まっている人たちにも目を見張ったのである。

鉄幹その人の人間的魅力の虜になった。

三十歳の鉄幹はいつしか五十歳、初老の詩人になっていた。ぼくは同世代の人間としての寛（明治三十七年に号を廃して本名の寛を名乗っていた）に出会ったのである。この本の章立てを晩年の寛・晶子からはじめて、初期へ遡及するようにしたのは異例と見られるかもしれぬが、ぼくの内面経験としての寛・晶子から言えば、これは自然なことなのである。そうした内面の自然のままに本をつくるのもよいのではあるまいか。

ここに収めた文章は、ほぼ十年近く寛・晶子を通してぼく自身について考え続けてきたことの切れ端であって、ぼくはこの不世出の巨人の影に佇んで、人間が人間に成熟してゆくこと、人間が生に向かって死んでゆくこと、人間が老いてゆくこと、そうして男と女が愛し合うことについて深い示唆を与えられること、しばしばであった。出版社へ入稿してからも思索は続いて、大幅な改稿と削除を二度にわたってくり返したのも、そうしたことに理由が在るのである。嵯峨野書院の鈴木亜季さんには、この面でも迷惑をかけた。

この文字通り小さく貧しい本のために、ぼくより二十も三十も年齢の若い人たちから援助を受けた。編集者の鈴木亜季さん、年譜と原稿の整理を担当してくれた古澤夕起子さん、美しい本に装丁してくれた畑ゑり子さん、全歌集の書誌を受け持ってくれた美濃千鶴さんに心よりお礼を申し上げます。

在りわびぬ命死なむと目うるみてわれ見し人も老いにけるかな　（寛『相聞』）

二〇〇〇年七月

「明星」創刊百年の年に

上田　博

目次

観音埼燈台にて

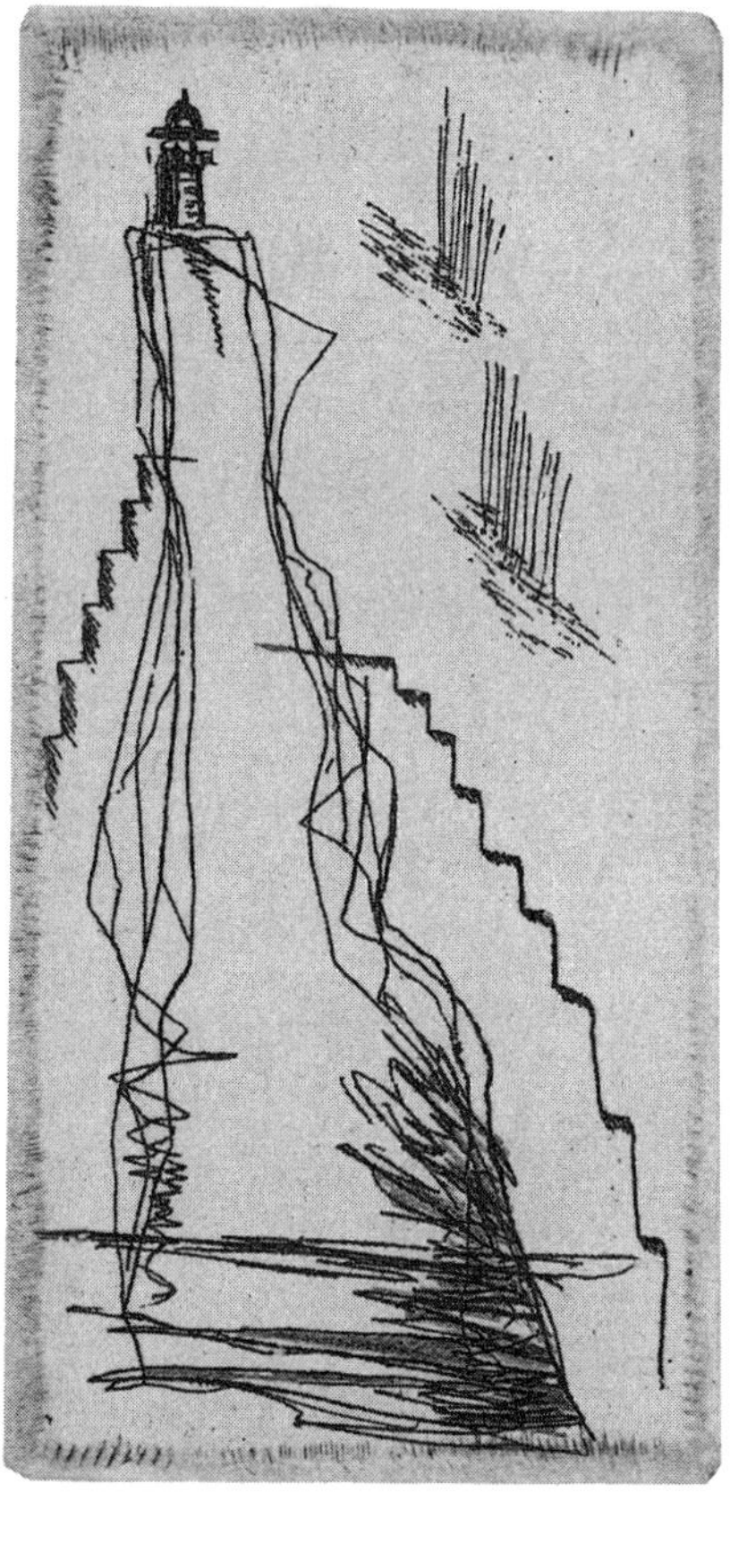

まだ知らぬ清さなりけり燈台の曲れる段を我がのぼる音
湾晴れて明るき昼に唯だ白し沖の海堡《かいほう》此処の燈台
（寛）

寛は日頃、歯痛にも頭痛にもアスピリンを服用することを好み、検温器で体温を計ることが好きであった。慶応義塾の教授を退いた後は、「明星」の後継誌である「冬柏」の原稿整理に専念し、この間をぬって同人と歌を詠む旅に出た。旅の留守中に自宅を訪ねてくれた友人が居れば、また別の機会を作って彼を伴っての旅に出かけるということも、しばしばあった。晶子は、自身が風邪気味ですぐれないときにも、《過労の人》として夫を気遣った。

昭和十年二月二十六日に、熱海滞在中で留守の家を同人三島苔溪が訪ねてきた。気の毒に思っていた寛はまた、妻と三島ら同人七人連れで家を出ている。相談の結果、観音埼の燈台行きと決まった。三月三日、横須賀の先の大津まで汽車で行き、そこから先は自動車である。途中、雨中の走水神社へ詣でる人たちの寒い肩を眺めながら、向かう先の小高い山上に観音埼燈台を見上げる所まで来て自動車を離れなければならなかった。一行はすでに、軍事要塞地帯に入っていたからである。吹き飛ばされるような東北の風に追い上げられて、燈台の下層の室に入った一行の中で、寛は一番元気に見えた。

先に熱海の旅から東京の家へ帰ったとき、寛には七度五分の微熱があり、旅中も鼻カタルで苦しんでいた晶子は、帰宅後夫を伴って、同人の近江医師を訪ねて診断を受け、感冒の注射をしてもらっている。寛はこのとき、《痛いから》と注射を断わり、観音埼出立の前日には《もうすっかり回復した》と言っていたのである。

雨はすっかり止んでいたが、七つの木の椅子に並んでいる一行は慄えんばかりであった。晶子は《金沢園へでも行って暖くなりたい》と言ったが、寛は《歌を此処で詠まないでは》と言い張って、燈台守の好意で暖かい握り飯にありついたのである。生き返った気分の中、三時頃まで一行の歌づくりは続いて燈台を後にした。寛は《久里浜のペルリの碑を見に行こうではないか》と言い出し、改めて車を雇って出かけて行った。横浜の海岸のオリエンタルホテルのスチームの傍らで夕食をとることを喜んだが、この日はあいにくスチームの火を落す日に当たっていて、喜びは半減した。三月三日の、寛生前の晶子との小さな旅の、これが最後になった。

この日より前、二月十一日の紀元節の日に、寛は東京放送局のラジオ放送で談話を依頼されて、「梅の花と歌」の話をした。梅の、わが国の風土への来歴を語り、「ウメ」の語源を説いて、『万葉集』『古今集』の梅の歌に及び、『山家集』に西行の梅の歌を訪ねて紹介している。

梅をのみわが垣根には植ゑ置きて見に来む人に跡しのばれむ

歌の意味は——と寛は述べて、《自分の庭には梅だけを植ゑて置いて、自分の去つた跡を訪ねて来る人に、この梅の花と香りとに由つて、自分の事を清らかに思ひ出して貰はう、と云ふのでありまして、西行は自分の人格と梅とを一体のもののやうに感じてゐる心があつて、此歌を詠んだので御座います》と話した。最後に寛は、少年の日から梅を愛してきて、そうして自分にも梅の歌が多くある、と言って自作を紹介し、自釈している。

清き香に今は愧ぢざる心地して山寒き日もしら梅を嗅ぐ

《私も老人になりまして、全く世俗的な欲望も無く、唯だ専門の学問と詩や歌を作ることを楽しみに致しまして》《さうして、梅の花の清く気高い香りに対して、自ら良心的に愧かしく感じるやうな後ろ暗い所も無くて、今こそ心から梅を友として、その高潔なしら梅の花を嗅いで楽しんでゐる》

咲く日には所を得ざる梅も無し藪《やぶ》からたちにまじれど香る

《梅は天質が清くすぐれて居て、どんな所へ置かれても不平や不満を云はず》《それを梅自身の天分を発揮するに適した所へ与へられたものとして、大きな心を持ち、ひねくれた心を持たないで、その所を楽しみながら》《その清く気高い香りを放つてゐる》と讃美して、その象徴の奥に自身の運命について自省することがあったと語ったのである。寛はこの一首を二度詠唱して、自身の来歴と現在の心境に格別の想いのあるところを示したもののようであった。

くれなゐと白の外には色も無き階上階下春の灯ともる
二人まで京の方より友の来ていざ旅せんと春に云ふかな
忘れざる心の奥の巴里をばカアネエシヨンのそそる赤さよ

爐の室に壁白くして我が倚るも友らの倚るもくれなゐの椅子

ネオンの灯橋のあなたに花を盛り酔ふ心には騒音もよし

数寄屋橋畔の放送局にて寛が詠んだ五首がこれで、放送終了時の《くれなゐと白》の春の夕暮れの風景に、《心の奥の巴里》の風景が浮かんでくるのであった。《ラヂオ好し梅を語れる先生の都の声を二百里に聴く》の一首を寛の許に送った同人に、寛はよろこんだのである。

三月三日の、観音埼への日帰りの小旅行から帰ってから、寛の微熱は下がらず、神経質な寛は検温器を二十分おきぐらいに懸けるけれども、もちろん平熱になる道理はない。晶子は夫に入院を勧めてみるけれども、《末期の水をママに飲ませて欲しいから病院へ行くのは厭だ》と言いつのった。長男光の進言もあって、慶応病院のベッドの上の人となったのは十三日のことであった。

熱は一進一退で、見守る人たちを一喜一憂させた。二十五日の朝は目を開いて《よい気持であつた》と言い、《テンが見たい》と言った。晶子が五男の健のことかと聞き返したら、《テンだ》と弱々しく繰り返したので窓の方へ顔を向けると、しばらく楽しむごとく眺めていた。この日の夕方、《熱の下り方がいいさうです》と主治医の見立てを伝えると、寛は《さもありぬべし》と文章語で答えた。小康状態に入ったと見て、一度家の畳の上に帰ることになった晶子が夫の枕許へ行くと、《今迄何処に居たの》と少年のような目をして晶子を眺めた。二十六日早朝、心臓麻痺が直撃して寛は死んだ。《今迄何処に居たの》この一言が最後のことばとなった。

それより入り幸でまして、走水《はしりみづ》の海を渡りたまひし時、その渡の神浪を興して、船を廻らして得進み渡りたまはざりき。ここにその后、名は弟橘比賣命《おとたちばなひめのみこと》日したまひしく、「妾、御子に易りて海の中に入らむ。御子は遣はえし政を遂げて覆奏したまふべし。」とまをして、海に入りたまはむとする時に、菅畳八重、皮畳八重、絁《きぬ》畳八重を波の上に敷きて、その上に下りましき。ここにその暴波《あらなみ》自ら伏ぎて、御船得進みき。ここにその后歌ひたまひしく、

さねさし　相模の小野に　燃ゆる火の　火中に立ちて　問ひし君はも

とうたひたまひき。故、七日の後、その后の御櫛海辺に依りき。すなはちその櫛を取りて、御陵を作り治め置きき。

晶子は観音埼燈台で、

走り水何のまぎれか風烈し弟橘のおまへの浜に

と詠んで、古き世の悲しい別れの物語に感慨するこころを記したのであるが、寛は、燈台の曲がれる段を一段一段と登って行きながら、わが知らぬ世界を目の前に見るがごとくであった。入院して一週間ほど経た三月二十日に観音埼燈台より見舞があり、そのことを告げると寛は、

「ああ観音埼か」と苦笑を見せ、「彼の時は歌の無かりし、君の歌はありたれど」と云ひ、既に前の歌を忘れし如くなりしも悲しかりき。

と晶子は追悼している。寛の観音埼吟行六首の最後の歌は、

黒船を怖れし世などなきごとし浦賀に見るはすべて黒船

であって、寛生涯の最終歌に、これがなった。《彼の時は歌の無かりし》とぽつりと言った寛のこころの上から、〈歌〉はすでに立ち去っていたのである。

ペリーの黒船が浦賀（走水）の沖に姿を現わしてから二十年後の明治六年にこの世に生まれて、六十三年間の

寛の生涯はけっこう波乱に富んでいたけれども、この世にも自分の上にも、この間、何もなかったがごとくに感じられていたのである。〈歌〉によって〈心の座〉を求めようとした寛は、死によって〈心の座〉を求める歌の旅から永遠に解き放たれたのである。晶子は一人、この地上に残されて、

　行くとなく物に吹かれて急ぐらん帰りがたきか黄泉の道

と悲嘆して、そうして一人、この日から七年、地上に留まって、《黄泉の道》に寛を追って行ったのである。

『心の遠景』に近く、遠く

帰りきてわが杢太郎《もくたろう》わすれしや待ちつるものを煙草の話

大正十三年、三年に及んだ欧米留学を終えて帰国を前にした杢太郎太田正雄は、パリから与謝野夫妻の待つ日本に詩稿（「海はるばる、朦朧として、女人のすがた」）と鉛筆スケッチ「幻想」を送稿し、これらは十三年八月号の「明星」に掲載された。スケッチには、本を積み上げた机の前に腰かけた男が正面を向き、その壁面には二人の侍が川沿いの道を散策する姿と、その前面に異人がこちらへ向かって手招きしている格好が描かれている。海を渡ってパリの客舎から届けられた「幻想」を前に、寛・晶子は十年前のヨーロッパ遊学を想い、寛はさらに明

（晶子『心の遠景』）

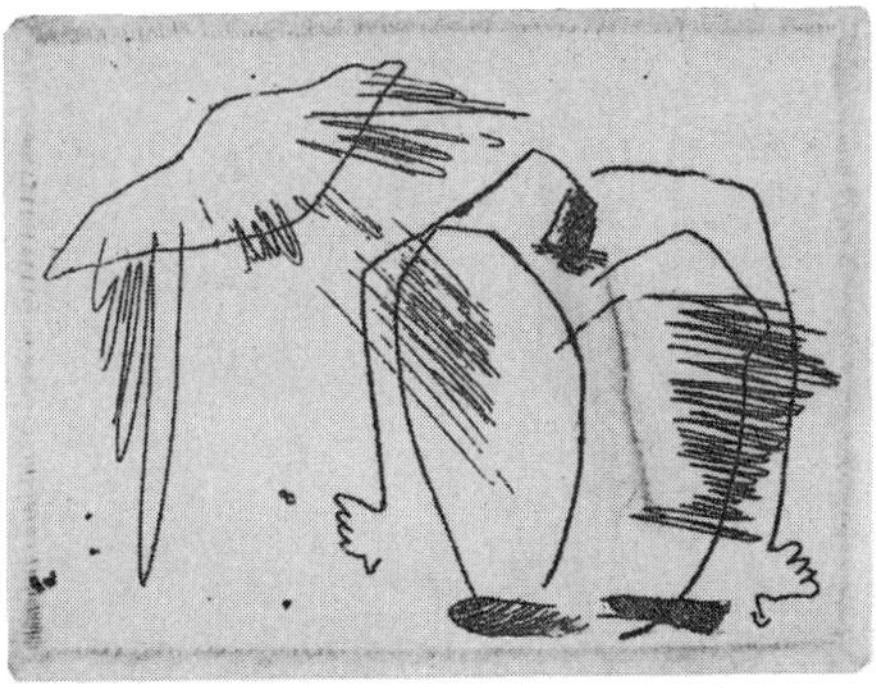

治四十年夏、杢太郎・白秋・勇・万里らと九州長崎、天草、島原などキリシタン史跡をめぐった〈五足の靴〉の旅の遠い日々を身近にたぐり寄せてなつかしがったはずである。

杢太郎には欧米留学に先立って、南満州における南満医学堂教授時代（大5～同9）があり、このときの生活から『支那伝説集』（大10）、『大同石仏寺』（大11）が生まれ、帰国後の大正十五年に『支那南北記』を著わし、昭和四年にはスペイン、ポルトガル各地を訪問して、その昔、遣欧使節としてこの地を踏んだ日本四少年や支倉六右衛門の足跡を調べた『えすぱにや・ぽるつがる記』を矢継ぎ早に刊行した。愛煙家晶子は人の知るところであったが、世界各地を経めぐってきた杢太郎の土産話に、待てども「煙草の話」が持ち出されない。冒頭歌は微笑を誘う晶子の恨みのこころを歌っているのである。反面、晶子の愛煙家を忘れてしまうほどに、杢太郎が大同石仏寺やキリシタン事跡を訪れた興奮の中に浸っていたということでもある。

うちつけに岳陽楼のたたずまひ一人の云へばうつつ皆消ゆ
年月も生死の線もその中におかぬ夢とてあはれなりけれ
前なるは一生よりも長き冬何をしてまし恋のかたはら

（晶子）

杢太郎が帰国したのは大正十三年九月。十月からは愛知医大教授として名古屋に着任した。富士見に与謝野夫妻を訪問して帰国話に興じたのは、この年の十二月のはじめの日であった。晶子はこのときの様子を、《留学から帰られた木下杢太郎さんは、早く支那語にも通じ支那の芸術にも委しい人である。帰朝されたのでお目にかかると、埃及や欧州諸国の話に併せて支那の大同石仏の話などをして下さる。さうして支那研究の必要なことを云はれる》（「心頭雑草」「明星」大14・1）と記している。木下杢太郎の文学活動は大正五年以来、医学方面の研究に重心を移して相対的に減じたが、大陸の文化史、仏教美術の方面に広げられ、さらには欧米生活によって人間の精神発達の淵源を探求する方向へと一層の深化、展開を示したのである。大正十四年に入っての、第二次「明星」を中心とした文学への復帰によって、杢太郎は、森鷗外の衣鉢を継ぐ人としての大きな期待をかけられることになった。

「ところで木下君」、寛・晶子の自宅で久闊を叙する杢太郎に話頭をふり向けた人が居た。「君は旅中、名勝岳陽楼に上って洞庭湖を臨んだろう。その絶景はどんな感慨であったか、話してくれたまえ」。座中に飛び出した〈岳陽楼〉は晶子の全身の感覚を打ち付け、次の瞬間、部屋の中の人も物も全て消滅した。その有様は暗室に一条の外光が射し込み、感光フィルムの上の物のかたちが瞬時消滅する事件に似ている、と言えばよいか。感覚を喪っていた網膜にやがて、大地が裂け、大地の裂け目に大きな湖が出現し、宇宙を浮かべる湖水に岳陽楼の姿が映じる光景が鮮明な像をむすびはじめたのである。〈昔聞く　洞庭の水〉〈今上る岳陽楼〉、杜甫の目を自分の目に感じる不思議な経験を晶子は歌にむすんだのではないか。《うつつ皆消》えるその只中に〈岳陽楼〉の姿だけが浮かび上がる。このようにして結像したイメージには《年月も生死の線》もその上にしるしをつけることはできない。現実の事象に依らない「想像する意識」とでも呼ぶほかはない意識の発生をわれわれに目撃させる歌である。

こうした歌の後にパリ回想をモチーフとする歌群がくる。

しめやかにリユクサンブルの夕風が旅の心を吹きしおもひ出
巴里なる人は何とも云はば云へクリシイの辻なつかしきかな
あぢきなし今はうつつにわが見たるヱルサイユとも思はれずして
ふるさとに続くみちとも思ふかなロアルの川の石橋の上
歌の本絵の本たづねいつ立たんセエヌの畔マロニエの下　（晶子）

言うまでもなく、過去は消滅した時間・空間であって、過去の無力は本来的である。回想歌と言われる歌の平板な印象はこの意味で避けがたいが、一方で過去は未来に拘束されて現在に力を回復するのも本当である。

前記《帰りきてわが杢太郎》から《前なるは一生よりも》の歌四首は、「明星」（大14・1）の「晩香抄」二十首中の最後部四首の引用であったが、歌集『心の遠景』に配列するとき、この「晩香抄」全歌の後に十二首のパリ回想歌群を歌稿より抽き出して接続したのである。こうした意図された二つの歌群の接続によって何が明るみへ引き出されたか。《巴里なる人は何とも云はば云へ》《あぢきなし》などの歌は詩情の醇化とはほど遠いもので、吐露された感情の荒廃は痛ましい。セーヌ河畔の散策に《歌の本絵の本》を探し歩く楽しみをいまいちど味わいたいと切望する、その切望が現実に阻まれるとき、〈過去〉の時間は急速に力を失ってゆくのである。願望が実現に向けて動き出すとき、過去が現在に滑り込んで、そうして過去の体験が未だ実現されざる体験の幻視の基になるのである。願望が行く手を阻まれ、一つの境を越えて渇きに変質するとき、〈過去〉の死滅はすでに始まっていると見なくてはなるまい。過去は未来に拘束されてこそ現在に顕在化するので、前述のパリ回想歌の無力は、「晩香抄」の〈想像する意識〉を顕す歌群と対照して印象づけられることになった。顕在する意識と死滅に向かう意識と、内面奥深くに発生した《創造空間》の内相は歌人の企ての及ばぬところで偶然に示されることになったのである。

涙おつ年長《た》けし子が末子よりをさなきことを云ひも出づれば

大正八年三月、六女を出産して、十四歳の長男を頭に五男六女の母になった。四十一歳。大正十五年十月に次女七瀬が、昭和三年四月には長男光が結婚した。昭和二年にはじめて自分たちの家を建て、三年五月には満鉄本社に招待されて満蒙旅行に出かけている。歌集『心の遠景』は身辺多忙の只中で編まれ、一区切りついた時期に刊行された。

大正から昭和へ、時代は荒々しい勢いの中に推移し、寛、晶子の家族の上にも、晶子の心境の上にも一つの転機が訪れていたのである。

十の子の泣く声こそは悲しけれ母の泣よりなほ低くして
子を待ちし心なりきと寂しさを紛らはしても思はるるかな
涙おつ年長けし子が末子よりをさなきことを云ひも出づれば
小半日子とあることの嬉しさも昨日に似ずて哀れなるわれ
わが八つの子の養へる薔薇の花紫雲英ばかりのはかなさに咲く
（晶子）

『心の遠景』歌集中の別の歌群には、《うぐひすが口動かしてありし夢語れば子等がまねぶ口つき》《絵本ども病める枕をかこむとも母を見ぬ日は寂しからまし》などの歌があって、わが子に注ぐ母親の目の和みが屈託なく歌われているが、前記五首には、何処からともなく滲み出してくる心寂しさを持て余す日の一端をのぞかせている。それは、外に遊びに出たまま帰って来ない子を待つ母の寂しさでもないし、半日ばかり子どもと時を楽しむよろこびも、昨日まで味わったよろこびとは違っていて、わが子に向けて開かれた心の模様にも言いがたい寂しい色が射し込んでいるのである。自分の生きてきた時間を、《飽きはてぬ靴の底縫ふ針たらん草の葉のごと生きてこしかど》などと独り言にこぼす心境も、《靴の底縫ふ針》などという比喩を超えた痛ましさを伴って実感されるのである。こうした自身の寒々とした時間感覚を、子どもをモチーフとする前記の歌群に添えていまいちど眺め返してみれば、《十の子の泣く声》が何処か遠い処から流れてくる寄る辺のない魂の声と聞かれる不思議は奈何ともしがたいのである。歌集中の別の処に《地の上の節分至る草木の端に今日よりつらならんわれ》の心境がこぼされていて、季節の移り目毎にいのちの相を変貌させる植物と同様に、人の加齢も平順の流れではない濃淡、緩急のあることが知らされる。年齢の節目でいのちの時間は結滞し、年齢を失い、逆流する。《年長けし子》が《末子》よりも稚ないことを言い張ってじぶくり、地団駄を踏む有様は、人が成長する節目節目の結滞とも観られて、伸びゆくいのちが払う苦しみとも観ぜられるのである。《をさなきこと》を言い出して、心の平衡を失う子どもの姿に、人間の生命の不思議を観察しているのである。堰かれた生命の時間はまもなく落ち下り、いましばらくの間、次の堰に向かって流れはじめるのである。

先生はいよいよ痩せて居給はんこの山川の出づるところに

《先生》とは「憲政の神」と尊称された時の人、尾崎行雄である。大正十年の正月に熱海ホテルで奇遇し、この年十一月に第二次「明星」が創刊されたとき、尾崎は第一次世界大戦の戦場を視察した折りの衝撃を「新戦場を見て」と題して十一首寄稿した。尾崎の軍縮運動はこの欧米視察後に開始され、全国遊説中にはたびたび暴漢に襲撃され、品川の自宅でも九死に一生を得る体験をした。尾崎の別荘は軽井沢にあり、ここを「莫哀山荘」と名付けて、大正十三年にはじめて歌人夫婦をそこに迎えている。以来、歌会は莫哀山荘でしばしば催され、他日には富士見の歌人の自宅にも招待されるなど、歌を絆とする文雅の交流は歌人夫婦の亡くなるまで続いた。

山荘は立秋ののち風騒ぎぎぼしのうごく藻の草のごと
水の音ほのかなるかな初秋の雲の音とも云はんばかりに
東北の信濃の門の大きさよこの碓氷嶺に妙義は対す
山すでに秋となりぬるうら悲し友をわれ置き帰らんとする　（晶子）

人里に清流を送る川の水源に立つ先生の身の上に、晶子の寄せる心がある。《明日の世に君をめぐれる群像の若きが中に我も立たばや》とエールを送る寛の心も、政治テロの只中に自己の政治信条を死守する尾崎には代えがたい慰めであった。尾崎は先に熱海ホテルで奇遇した折り、

取りわきて美の大神のみ恵みに浴せる人を迎へ見しかな

幾年か師と仰ぎける歌人を迎へて春の心たらひぬ

と、少年のような心の高鳴りをまっすぐに詠んでいる。尾崎行雄の心の目に、二人の歌人は〈美の大神〉の化身として映じ、政治世界の汚泥に汚染された内面を浄化する人として、ながく歌の交わりをむすぶことになったのである。尾崎には、寛・晶子の歌の日常が、いま一人の実現されざる自己であったと同様に、歌人にとっても、途方もなく巨きな世界に理想の実現を目指す尾崎行雄の孤高は、区区たる小事の世界に烏合して権力と利権を分ち合う歌壇、文壇、政界、大学など各界の人間集団の極北に存在する人間精神として仰ぎ見られていたのである。

屋上の物見を下り戸を押して入る時おぼゆ人の悲しみ

「十首渋谷の藻風宅にて」の詞書を付けた歌群中の一首である。同人で英文学者竹友藻風宅に招かれた折りの作。

よき夢の書庫の口より流れくるところにありてものを思はず
遠き靄近き欅《けやき》のけぶりをばめづる物見の白き台かな
あるじ出で天女と語る台なれど地上の春を眺望すわれ
高き木も大廈《だいか》もわれを仰ぎ見る物見の台のあたたかきかな
屋上の物見を下り戸を押して入る時おぼゆ人の悲しみ　（晶子）

主人藻風に書斎を案内された折りのこころに去来した影を歌った作。主人の《よき夢》をむすぶ書斎の入口に立って、自分の胸の中に目をふり向けたときに、何らの感興をも宿さぬ空洞のような自己の内面に静かに目をあてた歌である。《天女と語る》バルコニーの主と対照的に《地上の春》を眺望する自身の姿は晴朗ではあるまい。

前記の歌の前に、

林行くすでに心も朽ちはてし落葉降りきて寒き朝かな

の歌があり、後には、

一いろの枯野の草となりにけり思ひ出草も忘れな草も

の歌が置かれてあって、物見台から下りてきて《戸を押して》部屋へ入ったときの《悲しみ》の接触感を与えられる。過去が現在に投影して現在を多彩に構成し、そうして未来を拘束するとき、人生は生命の線条として生動するのであるから、《思ひ出草も忘れな草も》《一いろの枯野の草》と実感する荒寥感は堪え難い悲しみをもたらすものでなければならぬ。

高き木も大厦もわれを仰ぎ見る物見の台のあたたかきかな

《高き木》や《大厦》に眺められる安心感は何処からやってくるのか。人間は自らの存在について、「それは何か?」と問いを発する主体である。この意味で人間は存在するのではなく〈実存〉するのだと定義したのはサルトルであるが、物たちに眺められる解放感は、逆にのべつに差し向けられる自己視線によって引き起こされた閉塞感の深刻さを示してもいるのである。

亡き人の生きてまた死ぬ夢ばかり見ればわれ知る病あること

四男アウギュスト誕生(大2)、五女エレンヌ誕生(大4)、五男健誕生(大5)、大正六年に男児が誕生したが二日で死亡。そうして大正八年三月に末子が誕生した。晶子三十五歳から四十一歳の六年間の出産ラッシュである。寛・晶子夫婦の大正から昭和は他面で知友の〈死の季節〉でもあった。平出修の死(大3)、上田敏の死(大5)、森鷗外の死(大11)、有島武郎の死(大12)、そうして昭和二年七月の芥川龍之介の死、三年九月の九条武子の死と続く悲しみ。昭和三年六月、歌集『心の遠景』を刊行する晶子はすでに齢五十を迎えていたのである。自身の胎内から次々に産まれ来る生命と、自身の精神に深く、ながくつながっていた人々の相次ぐ死。生命の季

節は同時に死の季節でもあった。晶子は歌集の「自序」に、

芥川さんが『この次からは一一の歌に題を添へて下さい、読む者のために便利ですから』と云はれたので、『成るべくさう致します』とお答へしたのですが、気儘に書いた草稿が入りまじつて居て、自分ながら其の制作の時と順序とを思ひ出せないものが多いので、已むを得ず今度も題を添へずに印刷しました。今は故人になられた芥川さんに対して甚だ済まない気がします。

と書いている。大正十四年一月に歌集『瑠璃光』を刊行したとき、「この次からは一一の歌に題を添へて下さい」と言った芥川が「五年目の今日」にはこの世の人ではない。〈亡き人〉がこの世に生きていて、その人が〈また死ぬ〉、そんな夢を見る自分に病あることを知るのも哀れである。

北郊の灯とむらぎえの夜の雪を田端の台の上に見るかな

衰へてだにかなしけれ死ぬことをたやすきものに何思ひけん

消え残る夜の雪を遠く田端の台地に眺めながら、三十六歳を一期として自らこの世界を足早に立ち去った人を想い、幽明をたやすく実感する自身のいのちの衰えを凝視する。人間の生存は偶然的事実であり、人間の死もまた偶然的事実である。生と死は〈不条理〉の糸でかたくむすばれるという想念が、こうした歌に結晶したのではあるまいか。

少女子とロオランサンの絵を見れど雁ぞ鳴くなる東京の秋

大正十二年六月、有島武郎が軽井沢の別荘で波多野秋子と心中した事件は、晶子にも深刻な打撃であった。晶子の《君亡くて悲しと云ふを少し越え苦しと云はば人怪しまん》は哀悼歌としてよく知られているが、有島の死の悲しみを《人怪しまん》と詠った本人自身にも《怪し》と感じる動揺であったことは疑う余地がない。

とこしへの別れと知らず会場のロオランサンの絵の方に来し

この歌も有島哀悼歌の中の一首である。

「明星」をローランサンと結びつけたのは、同人堀口大学であることは周知である。堀口はスペイン亡命中のローランサンと知己になっており、大学の詩「マリイ・ロオランサンの扇」は大正十一年(一九二二)四月号の「明星」に掲げられて、ローランサンのパリ帰還を歓迎した詩人たちによる詩集『扇』(一九二二年刊)と頌を交わした。

女狐の転身/おお　マリイ・ロオランサン
灰色がお前の空だ/紅と紫がお前の虹だ
おお消えゆく虹よ/幻のうつくしさよ
(「マリイ・ロオランサンの扇」)

大正十一年六月号の「明星」にはローランサンの自画像スケッチが紹介され、十二年五月号には、フランス現代美術展覧会に出展されていた作品「放縦」を口絵として掲載することが許されている。

死んだ女より/もつと哀れなのは/忘れられた女です
(ローランサン「鎮静剤」)

堀口大学の代表的訳詩集『月下の一群』(大14　第一書房)には上記のローランサンの詩を含む四篇の詩が訳出され、わが国の美術界にローランサンの本格的な紹介の労を取ったのである。

君亡くて悲しと云ふを少し越え苦しと云はば人怪しまん

の歌は有島追悼歌十六首の一首として『瑠璃光』に収載され、大正十二年八月作の、

とこしへの別れと知らず会場のロオランサンの絵の方に来し

は、有島追憶歌として『心の遠景』に入れられた。

絵画「放縦」は、森の中で少女たちが小犬と戯れる姿を、淡いブルーとバラ色、薄紫のトーンで描いた作品である。少女の瞳のあどけなさと哀しみは強い印象を観る人に与える。過ぎし日、好意寄せていた人、有島武郎と

一緒に、展覧会場でローランサンの絵に眺め入った心躍りを想い出していたか。少女子とローランサンの絵の前に立ち、物思いに耽りながら会場から出てきたその折りに、見上げた東京の空を雁が飛んでいたのである。ローランサンと詩人アポリネールの激しい恋の季節は終っていたし、〈鉄幹〉と呼ばれた人との花の季節も遠い日のことであった。春のパリと東京の秋――。ローランサンの恋と絵が紡ぎ出す物語に人生の哀歓がある。《少女子とロオランサンの絵を見れど》の《見れど》の接続に、絵に呼び起こされたイメージと、次なる《雁ぞ鳴く》東京の秋の現前の風景との間に生じた軽い異和が示される。あるいは、色彩豊かな心象風景のふくらみが、外の風景に接触して微妙にゆがむ有様と言えばよいか。《ロオランサンの絵》と《東京の秋》の風景の隙間に軽い失意と調性が入り込んで、大正十四年の『瑠璃光』から昭和三年の『心の遠景』にいたる五年間の内面的な時間の変貌が、二つの風景の裂け目に現われる。

わが倚るはすべて人語の聞えこぬところに立てる白樺にして

『心の遠景』の冒頭の歌である。未曾有の関東大震災以後三冊目の歌集で、単独歌集としては生前最後となった。

御空より半はつづく明きみち半はくらき流星のみち　（『流星の道』大13・5）

栄華など見も知らざるにおぼつかな捨てんと神に子の誓ふかな　（『瑠璃光』大14・1）

右の二歌集の冒頭歌とくらべて、『心の遠景』の単純な相は明らかではないか。

歌人四十代半ばから五十代へ、この間にも全国各地への旅があり、旧交があり、新しい人との出会いがあり、家族の団居があり、子どもたちの成長と巣立ちが経験された。枯野に緑萌え、花々の咲き、鳥の訪れが目撃された。喧騒のうちに時代は大正から昭和へ改元し、人々の険相は暗い時代を予兆させた。外界が内面の窓になり、歌人の内面の変化が外界に映された。《わが倚る》場所はどこであるか。《人語》の全く届かぬ白樺の林に身を寄せて想念に耽っているのである。白樺に倚りかかる自分の姿を、離脱したいま一人の自分が眺めている。眺める自己と眺められる自己。この歌を分析的に説明するとこの構図になる。しかし、主観と対象の二項分裂の印象はない。鏡に映す自分の姿、鏡の中から見られている自分の姿、相互関係を無限に交錯させれば、眺める者と眺められる者の境界は失われる。そうして主観と対象を超越したいま一つの存在の目が現われる。〈人間〉はこの世界にどのような在り方で存在するか？　《わが倚るはすべて人語の聞えこぬところに立てる白樺にして》この歌の観想は、この根本的な問いをイメージ化した歌、と理会されないか。〈心の遠景〉とは何か。〈内部生命〉のスクリーン上に映された光景である。〈心の遠景〉に、さまざまな人の相、四季の自然の相、風の音、鳥の声、雨の語らい、そうして世相の変転などを映しながら、それらの中の最も醇化作用を受けたものが結晶して、魂に風景をむすんだのである。〈人間〉はこの世界にどのように存在するか、その裸形が白樺に倚る人のイメージとして表現されたのである。大震災以後の、この歌人の観相はこのような単純にたどり着いたのである。観相の単純は次なる崩落の予兆を孕んで展開するかと見える。歌集中の、次の歌などにそれが感ぜられよう。

人何と世は何ぞとも思へらず三時の食のものうきはなし

人はものをくう。食うときを捉えて人は惰性に馴れる心と体に緊張を回復する。生き物の生命力が、時間の緊張を心と体に実感することにあるとすれば、《三時の食》を懶しと感ずる生命の荒廃は危険を孕む。〈心の遠景〉はこうした生命の崩落現象も見せてはいるが、歌集最終の歌に、

忍び来て夢にも春の知らぬまに矢ぐるま草の空色に咲く

と心象を歌う。荒寥とした生の断層と崩落する傾斜面にほのかな光と色彩を投げて、《白樺》の林から遠のいてゆく自身の姿を幻視するのである。

晶子『白桜集』

寝園

青空のもとに楓のひろがりて君亡き夏の初まれるかな
山の上大樹おのづと打倒れまたあらずなる空に次ぐもの
わが机地下八尺に置かねども雨暗く降り蕭やかに打つ
一人にて負へる宇宙の重さよりにじむ涙のここちこそすれ
君が行く天路に入らぬものなれば長きかひなし武蔵野の路
いつとても帰り来給ふ用意ある心を抱き老いて死ぬらん
君なくて憐むべしと云ふなかれ師が衣鉢をば伝へたる弟子
取り出でて死なぬ文字をば読む朝はなほ永久の恋とおぼゆる
妙高も浅間の山も壇としてまつらん君を多磨の野に置く
都より下荻窪に移り来て十年歌へる武蔵野に死ぬ
阿佐が谷の近江博士の許へ行く服喪の人も薬を得べく
たなぞこに掌を置く口びるに末期の水を参れる後も

亡き魄の龕と思へる書斎さへ否かの客の取り散らすかな
一生の終りにわれを君呼びき何ぞ仏の示現ならんや
なつかしく縷縷と語るを病床の無言に聞ける日も帰りこよ
筆硯煙草を子等は棺に入る名のりがたかり我れを愛できと
継ぎぬべき志をば説く時も父に似る子が猿楽を云ふ
君が死を仮ぞと云はば仮ながら真なりけり正しく見れば
辛かりし世をも恨まず云はずして山の如くにいましつる君
わりなけれ似ると思ひし子の声も似ざる声をば聞かんとぞ思ふ
藤の花空より君が流すなる涙と見えて夕風ぞ吹く
自らを転生したる君として慰むらんか時経たんのち
いたましき君が春かな六十三度全く回らず終りたりけれ
柏亭の椿を添へて上梓さる全集の後二千五百首
手をわれに任せて死にぬ旧人を忘れざりしは三十とせの前
取りて泣く隣の閨にさしのぶる十七の子の細き手の指
神田より四時間のちに帰るさへ君待ちわびきわれはとこしへ

爐上の雪

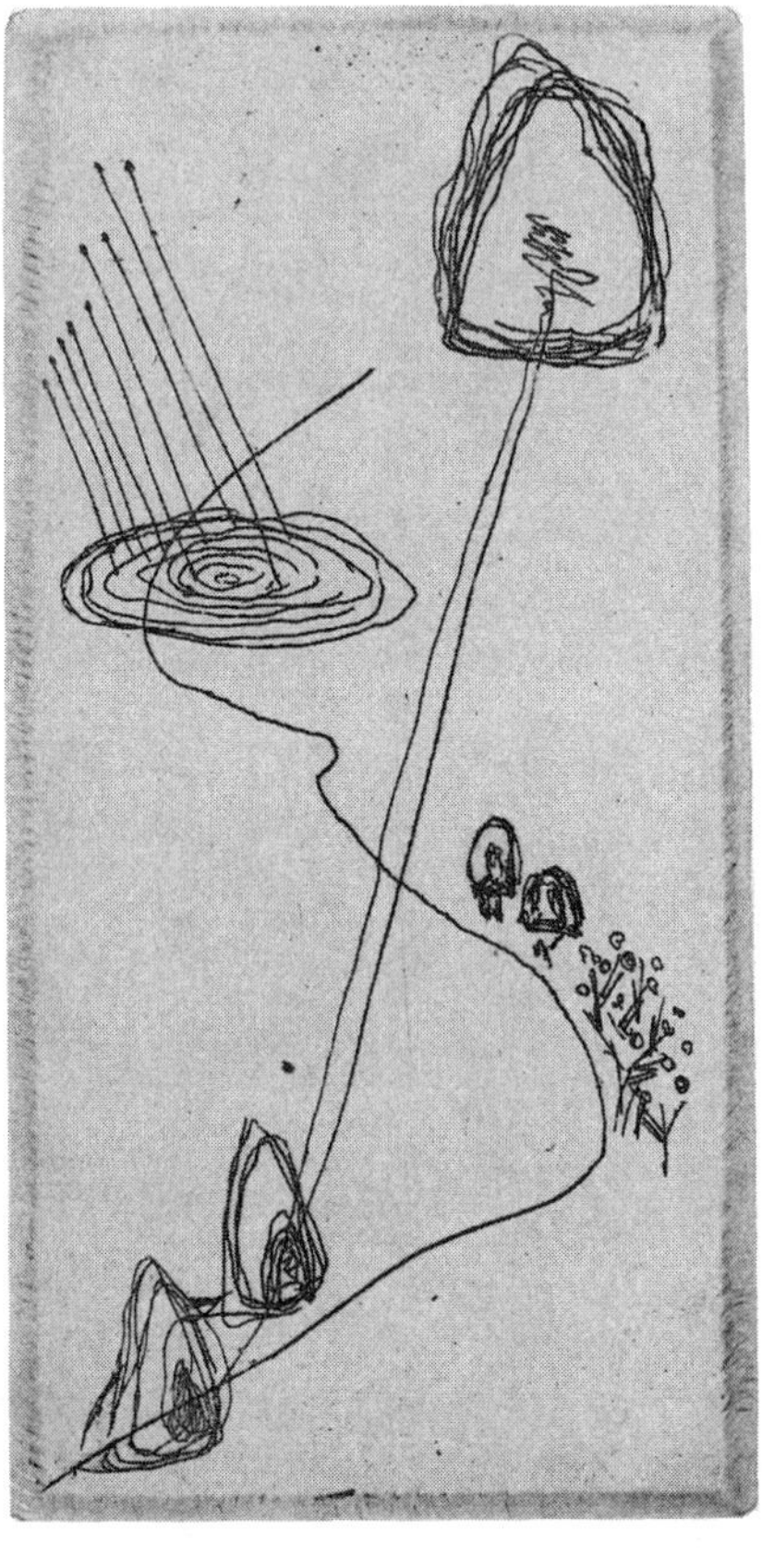

長いトンネルの中で

不思議より不思議に通ふ路盡きず夢と恋との中に遊べば

出口の小さな明かり口がなかなか見えないトンネルを走行しているとき、このまま地底の方へと下降してゆくのではないかしらと胸に満ちてくるものがあって、心をその一点に傾ける余裕が生じてくると、何かと一体になってゆくような、不思議な平安の感情に抱かれることがある。標題歌は、寛がヨーロッパから帰ってきてはじめて編んだ詩歌集『鴉と雨』（大4・8）に見える一首であるが、この歌から受ける感じは、たとえばこんなところか。

《鴉と雨》とは、いかにもうすら寒い光景で、読む前から自己幻滅と苦笑、倦怠、焦燥、悔恨、と次々に陰惨な景が呼び出される。

この日まで捨つべき恋にかかはりぬわれの不覚か君の不覚か

酒かめをくつがへさずば酒盡きじ君を捨てずば君を忘れじ　（寛）

歌集篇百四十一頁の中の適当な頁を拓けば、このような何とも後味のわるい心境詠に気分が暗くされるのである。作者の寛はもっと気が滅入ったことと想像されるが、そこはよくしたもので、

群青の海のうねりのかたぶけば白きつがひの鷗《かもめ》ながるる

の光景がくる。鍾乳洞の深く込み入った闇の中から、《群青の海》を臨んだような静かな空間が、ぽっかりとひらけている場所がある。

寛は大正四年六月に自選歌集『灰の音』を出版し、八月に『鴉と雨』を刊行した。けっこう忙しく動いて、久しぶりに歌壇に顔を出したと見えたのはこのときだけで、以後、大正十年まで休止に入るのである。

一方晶子は、大正四年に第十一歌集『さくら草』を出してから、大正九年の第十六歌集『太陽と薔薇』まで、途切れなく刊行している。寛は大正八年四月、慶応義塾大学文学部教授の職に就いて、長い無職生活に終止符を打ち、八月に出た晶子の第十五歌集『火の鳥』に跋文を書いている。フェニックスは古代エジプトの伝説の霊鳥であって、太陽の神火に由って自らを焚き、その灰の中より新しき鳥となって飛騰する。《太陽の鳥》《火の鳥》の異称があり、《永生不滅の象徴》である、と。

寛は『火の鳥』にエールを送りながら、ひそかに自身の再生を重ねていたのである。出口の見えない数年の間の闇中を、寛はどのようにしてしのいできたのか。《不思議より不思議に通ふ》人生の路上で、《夢と恋》とを想

い続けていたことによるか。《この日まで捨つべき恋》に患ってきたのは、《われの不覚か》《君の不覚か》と言い放ち合う陰相を、なお《不思議より不思議に通ふ》恋路のなせる業と見做す雅量を内面に保存していたことによるか。

地上に一線を引く

地の上に一線を書きわれ歎ず人間の行く広き路無し

諸君と一所に「明星」を出すやうになつてから、私は非常に元気づいた。之が為めに可なり繁劇な日送りをするのであるが、少しも苦労には思はない。

文学美術専門雑誌「明星」（明33・4〜41・11）の終刊（百号）から十三年目に当たる大正十年十一月、文学・美術・哲学雑誌として「明星」が再刊されたのである。大正十年四月、西村伊作によって創立された文化学院の学監、教員としての仕事に、雑誌編集、慶応義塾の教授としての職務など、文字通りの《繁劇な日送り》は、寛のヨーロッパ遊学以後のトンネル生活を嘘にする感慨があった。

此中で私は五十歳の正月を迎へやうとしてゐる。年齢の代が変ると云ふことは一寸厭な気のするものだと聞いてゐたが、この前、私が三十九歳の冬には巴里にゐて、其処で二十代のやうな若い気持になつて遊んでゐたお蔭で、四十歳に移る哀愁と云ふやうなものを全く経験しないで済んだ。私は其れを幸福だと思つて居る。今度はまた『明星』の復活に忙殺されて、私の心が積極的になつてゐるためか、四十代から五十代に移る淋しさを、どうやら知らずに通過し相である。

《年齢の代が変る》ことを遠く遡って眺める目に、節目の日々が泛かんでくる。明治二十年、十五歳のとき、岡山中学の入学に失敗して京都に帰り、《寝食を廃するに至る》ほど漢詩に熱中した日々のこと。二十歳になった二十五年には、山口の徳山女学校の教職を辞して、またも京の地に戻り、《東京に出て苦学せよ》との母のことばに力づけられて上京し、生涯の師となった落合直文先生に師礼をとったこと。東京新詩社を興し、「明星」を創刊した三十三年四月、三十歳を目捷の間に控えていたこと。花咲く巴里の街の人になった日、寛は四十歳を迎えていた。

人間の加齢を、「志学」「而立」「不惑」「知命」と呼び迎えることは、『論語』に周知のことであるが、寛には、五歳の幼少時より、父兄によって仏典、漢籍、国書の素読を通して身についた精神上の殷鑑であった。

　やうやくに自らを知るかく云へば人あやまりて驕慢と聞く

《やうやくに》とは、「物事の端の少し現れるもの」の語義であって、「わずかずつ次第に進む」との意味であるから、五十歳を迎えるこの年齢まで加齢してきて、《やうやくに自らを知る》と言える地点にまで進み出てきたのである。別の歌群には、《漸《ようや》くに驚く世界われに減り知らざる世界拡がりて行く》の歌があって、天（自然）が人間に与えた世界の限定を知覚するところへ漸くに辿り着いたというのである。

　そのかみは追へど帰らずそのかみは脆く楽しく消えし顫音《トレモロ》

昼夜をおかず流れ来った川の流れを見るようには、自分の五十年の流跡を静かに心に受け止められない。この淋しい心のふるえもまた、人の心の真実である。

　自らの花を惜めるこの蔓《つる》は空に咲かんと攀《よ》ぢ上り行く

天から限定を与えられることによって顕在してくる《自己》と、限定に抗うことによって顕われてくる《自己》の拡大との両相のあることを、如上の一首などは示しているのである。

このようにして、人は五十の坂で一息つくことが許されて、《知らざる世界》の遠い眺望を目にする。そうして自分の来し方に目を返したとき、浮びたる芥のなかに一すぢの船の痕あるたそがれの河の風景が心に浮ぶのである。茫茫たる《地の上》に一線を引いて放心する人間の相に、ぼくの心は傾斜する。

リラの花影

ひんがしの国には住めど人並に心の国を持たぬ淋しさ

「明星」復活に忙殺されて《四十代から五十代に移る淋しさ》を忘れることができたという心境を疑うことはないけれども、その折りに内面的な感覚として、《三十九歳の冬には巴里にゐて、其処で二十代のやうな若い気持になつて遊んでゐた》と十年前の自分を過去の中から呼び出してきたときの《淋しさ》は、消しようもなく明らかであったはずである。新生「明星」に携って《心が積極的になつてゐる》が故に、この十年の時間を自身の内面に眺める感覚は、ついに《心の国》を持つことのできなかった淋しい心境を際立たせることになったのである。

僕は訪問と画の展覧会見物と、散歩とに午後の時を費した。夜は劇場へ行くか、さうでなければ珈琲店へ行つた。

僕はリラで開かれる火曜会によく偶然行きあはせた。またわざわざ出ても行つた。寡い時は二三十人、多い時は七八十人も詩人が集つて居る。

会は晩餐後に始まるから、大抵人の揃ふのは九時である。人数の少い時は屋内の卓を思ひ思ひに囲んで他の客と雑居して居るが、来会者の多い時は屋内から TERRASSE の卓へ溢れ出し、おまけにテラスが前の広場に面した PLATANE の木立の下まで延びる。

寛は自選訳詩集『リラの花』(大3・11)の自序に、カフェ「リラ」に集ったイタリアやロシアの未来派の詩人たち、フランスの詩人たちの思い思いの服装と表情、会話、女優たちの詩の朗読とカフェを包んだ芸術家の雰囲気を再現している。
新生「明星」創刊号には、平野万里「イタリア紀行」、高村光太郎「雨に打たるるカテドラル」、マリネッティ「未来派舞踏宣言」が、また寛もフランス現代詩人に試みられている日本の俳句を模した「HAI-KAI」と呼ばれる三行詩の訳詩を掲げて、ヨーロッパの文化の香りを雑誌に集花している。

我を見て傷ましとする薔薇ならん彼方を向きて打泣けるかな
薔薇いろの春くる丘を見上げつつ細々として寒き人間
青ざめて物思ふこと人よりも多きに過ぐるたそがれの薔薇
（寛）

パリの花々の香りを誌上に匂ぐ寛の心は如何ようであったか。《みずみずしい人間の大木》と晶子の讃えたロダン翁とロダン夫人に会った日のことが、《ひんがしの国》に帰ってからもくり返しくり返し蘇ってくる。晶子は、ロダン夫人から贈られた薔薇の花束を抱き抱えて日本に持ち帰り、瑞々しい花がいつしか《埃及《エジプト》のミイラに着ける／五千年前の朽ちし布の／すさまじき茶褐色に等し》く変じたのを嘆いたことがあった。そのとき自分は、

わが庭の薔薇の下に
この花の灰を撒けよ、
日本の土が
是に由りて浄まるは
印度の古き仏の牙を
教徒の斎せるに勝らん。
（晶子「ロダン夫人の賜へる花束」）

と嘆く彼女を慰めたことが想い出されるのである。
五十歳の齢の結び目に起き上ってくる物思いは、時として異邦人の淋しさを味わわせる。

べにがらと黄土を塗りて手軽くも楊貴妃とする支那の人形
化物を語りし母はこの国の人の怖さを早く知りけん
真珠こそ底の底なる貝になれ人は卑《ひ》くて光るすべ無し
時として異邦に似たる淋しさを我れに与へて重き東京
（晶子）

本号に挿んだアンドレ・ロオトのマルセエユの港町を描いた絵は、伊上凡骨君の木版に由って複製しました。アスランのエッチングは巴里の国立劇場の一つであるオデオン座の昼興行の写生で、原画は前号のアスランの水彩画と同じく、梅原龍三郎君が新しく持ち帰られたものです。ロオトは仏蘭西立体派の領袖であり、アスランは巴里の「秋のサロン」の審査員であり、共に錚々たる新人です。次号には梅原君が今度の旅行に巴里で描かれた「女」の絵を田中松太郎君の製版で載せます。（寛）

同人正宗得三郎と木下杢太郎がパリに着き、まもなく「明星」に便りが届く。こうして「明星」サロンに巴里が再現され、友人が巴里の空気を送ってくる。寛の心に薔薇いろの巴里が反照し、薔薇の花びらの散る低い音が心の内に聞かれるのである。

巨人の影を仰ぐ

世界をば光の網に入れて引く今朝の裸の海の太陽

一九一七年（大6）二月に、ロダン夫人が亡くなり、その後を追うように十一月、ロダンが亡くなった。五年後、一九二二年七月、森鷗外先生が亡くなる。《人間の大木》が相次いで世界から姿を消し、彫像と文学が地上に残された。
七月七日、寛は平野万里と共に駆けつけた。
先生の病急なり千駄木の少年の日の如く馳せきぬ
先生の臨終の顔「けだかさ」と「安さ」のなかにまじる「さびしさ」
二十歳より先生を見て五十まで見し幸ひも今日に極る
地にしばし巨人の影を投げながら生より死へと行き通る人
先生の高き処の高さまで到らぬ我の何と讃へん
人間の奇しき強さもはかなさも身一つに兼ね教へたまへり
（寛「涕涙行」「明星」大11・8）
寛の幸福は、《人間の大木》を間近に見上げ、《巨人》の膝下に三十年に及んで居場所を定め、逆遇のときにも励ましの声をかけられ、親しく温顔で接してもらったことである。そうして人として求めるべくもない大いなる幸運は、巨大な《光の網》の中に世界を引き入れる偉業を、人間の業として間近に見る機会に恵まれたことである。自己への幻滅と自嘲とに醜く懊悩する日々、大地深く根を張り、天に向かって伸びる《人間の大木》の存在が教示するのは、一回限りに恵まれた人生を真に充実して生きるとは、大きな時間のうねりを自身の人生に実現することにあるということであった。
大詰の後に序幕のきたること唯だ恋にのみ許されしかな
と歌う心境は、知命という人生の《大詰》を迎える、その後に人生の《序幕》が接続するとする心境であって、《唯だ恋にのみ許され》ることではないのではないか、という意識が動いていることを見逃すべきではない。人生を《五十歳》として天によって知らしめられたとき、人間の能力の〈限定〉と〈可能〉の問題が今いちど思慮されなければならぬ。

すべては爐上の雪

爐《ろ》の上の雪と題せりこの集のはかなきことは作者先づ知る

《時間》はすべてのものの中を貫いてゆくものであるから、ものや人間の変貌は《時間》によってもたらされるので、したがって、ものや人間は《時間》の具体相と見てよいのである。

俄《にわ》かにも老のきたりて急を告ぐ汝が空想の城は危し

たそがれて鼓子花《たんぽぽ》の穂の飛びかひぬ白髪の魔女の来る細路

人は多くはうかとして時をやりすごす。天は人の践《ふ》む時間の上に目印をつける。孔子は、十五、三十、四十、五十、六十、七十の人生の上にしるしをつけて、人間の精神の到達の指標とした。それでも人は時を費消する。《そのかみは追へど帰らず》である。《そのかみは脆く楽しく》時の足音は顫音《トレモロ》として後に残される。

太陽よおなじ処に留まれと云ふに等しき願ひなるかな

老いは《白髪の魔女の来る細路》を通って俄かに訪れてくる。好きな女を抱き、自分にかかわるさまざまな楽しみに耽り、仕事に熱中し、等々、人がうかとして時間をやりすごすのは、《空想の城》に閉じこもっていることによる。人情として、人にそのことを責めるのは酷にすぎるが、《時間》はひとたび人の意識の上にのぼれば、残酷な相をあらわにする。生より死へと向かいつつある自分の相を目の前に示されるからである。

人間のわかき盛りを後にして見れども飽かぬ薔薇の花かな

楽まずはた悲まぬ日に見れば世の常の人世の常の薔薇

手を挙げて天を拝すと見るよりも天を拒むと見ゆる冬の木　（寛）

別の歌群（寛「石榴集」「明星」大10・12）の三首を引くが、《薔薇の花》の美しさや冬空に枝をはる《冬の木》

の勁《つよ》い相も、いわば人が《空想の城》の中から覗き見た光景であって、これらの光景を今、《空想の城》から出て眺めてみれば、人も薔薇も《世の常》のものとして、そのもの自体の相としてそこに存在するにすぎないのである。人がこうした自身の主情から離れがたいのは、《時間》に限定され、拘束される自身のありように対峙する姿勢を根本に持しているからであって、こうしたことによってまた自身の存在の可能も拡大されるのではないのか。

爐の上の雪と題せりこの集のはかなきことは作者先づ知る

人が《爐の上の雪》に等しく儚いことと知りつつものを書くことに執念するのは、自己の中を貫いて流れる《時間》に抗することであって、こうした物言いがわかりにくければ、ものを書くことによって《時間》を自身の内部に明確に意識し、時を停止しようとする営み、と説明すればどうか。可能としての自己は、このようにして実現するのである。

動きけり道化の笛の音につれて我が知らざりし第三の吾

ものを書くことによって時に抗する行為は《道化の笛》を吹くことであって、笛の音に《第三の吾》のすがたが幻のように立ち現われてくる。

淋しくも東に生れ天といふ一語に事は定まりにけり

手を挙げて天を拝すと見るよりも天を拒むと見ゆる冬の木

《天》に対する二様の心の経験は、時間に対処する人間の二様の精神のダイナミズムを示しているのである。

人の見て砂の塔とも云へよかしはかなき中に楽みを立つ

穀倉の隅に息づく若き種子《たね》その待つ春を人間も待つ

《爐上の雪》百六首は、新生「明星」の三号（大11・1）に現われ、自己新生の心の姿にかたちを与えたのである。そうしてここに掲載した全歌を、還暦の記念に諸友から贈られた『与謝野寛短歌全集』（昭8・2・26 明治書院）の巻首に置いて、寛自身の特別の想いのあったことを後年、明らかにしているのである。

「木下杢太郎さんの顔」

詩人「明星」に帰ってくる

晶子は第二十歌集『瑠璃光』を大正十四年（一九二五）一月、北原白秋の弟鉄雄のアルス出版社から刊行し、自序に代えて詩十章に「鏡中小景」と題して掲げた。真夏の太陽に照り返された白い海岸通りに面したホテルの窓に倚って軟風に吹かれている女。「窓の直ぐ下の潮は　ペパミントの酒になる」。

まあ、華やかな、
けだかい、燃え輝いた、

咲きの盛りの五月の薔薇。
どうして来てくれたの、
このみすぼらしい部屋へ、
この疵だらけの卓の上へ。

この歌集を「木下杢太郎様に捧ぐ」と献辞した晶子は、杢太郎が大正五年以来、実に八年ぶりに本格的な文芸活動を再開したよろこびを、このように記したのである。「疵だらけの卓の上」を飾るべく燃え輝く薔薇の花が初夏の潮風の中に咲く姿は、大好きな詩人杢太郎の颯爽としたすがたと眺められたにちがいないのである。

亜米利加人は水を飲む。
頭ほどの肉を食む。
皿に余る果餅《ぱい》を盛る。
正義、理知、
商業、禁酒、
巨大な BANALITÉ《ばなりてえ》 の国よ。

わが船も、されば、めでたし。
玖馬《クウバ》通ひ、墨其西哥《めひこ》丸よ。
われに与ふ、一盞《いっさん》の該里《せりい》の酒。

該里よ、わが始め、汝《なれ》を知りしは、
小網町、「鴻の巣《こふのす》」の家。
その時は汝れ、耳にほてり、
われは聴きき、呂昇《ろしよう》の歌の空鳴。
（さなり十……十幾年の昔……）
呂昇は已に老いぬ。
我とてもまた老いんとす。

楽しきかな、真夏の船路。
日はうららか、波ははるばる。

………………

悲しきかな、該里の酒。

（杢太郎「該里酒」）

大正十年（一九二一）五月、杢太郎ははじめての欧米留学の途に上り、アメリカ大陸に上陸、キューバに旅し、ニューヨークからイギリスへ渡り、秋、パリへ入った。キューバ通いの船上にあって「該里の酒」を飲む真夏日の下、その昔「パンの会」の会場となった「鴻の巣」の主人に贈った「該里酒」の世界が――「冬の夜の暖爐の湯のたぎる静けさ。」の世界が幻景のように泛んでくるのである。

明治四十三年（一九一〇）、二十六歳の東大生であった杢太郎の、文芸活動の得意の時代は夢のごとく過ぎ去り、大正十年のこのとき、すでに三十七歳である。この間、大正五年に南満州鉄道経営の南満医学堂教授として大陸に渡り、以後、東京の文壇から遠去かった。八年十二月に処女詩集『食後の唄』をアララギ発行所から刊行した。この詩集は、一九一〇年から一九一三年の、明治から大正にかけての詩人杢太郎の詩作の集大成というには、いかにも時期を逸した感はまぬがれないが、「序」に「で今更こんな詩集を出すのはいよいよ詰まらないことに感じられる」と述べる片側に、「だが然し、予は尚ほ或る執着を有する過去を持つてゐる」、どうもこれは自分の「本音」である、とも記して、「過去」の記念に「異常の喜悦」を覚える、としている。青年杢太郎が、すでに中年を迎えての処女詩集刊行は、当時の境遇、医学堂教授兼奉天病院長としての生活に区切りをつける決心を、ひそかに自分に迫っていたのではないか。翌九年七月、同教授兼病院長を辞して帰国し、渡欧中の大正十一年、論文「癩風菌の研究」によって東大より医学博士の学位を受けた。

留学中の最大の精神的打撃は森鷗外先生死去の悲報に接したことである。学問と芸術、人生の師鷗外に〈文学〉と〈医学〉の間に懊悩する胸中を幾度となく告白し、相談した往年の自分の姿を鮮明に思い出す報が、故国から届けられたのである。「執着を有する過去」に徹底していこう、勿論医学者としてもしっかり足をつけて研究生活を続けよう、師の生きたように。リヨンを引き揚げ、イタリア、エジプト、そうしてスペイン、ポルトガルを経めぐって、大正十三年（一九二四）秋帰国した。齢四十にしてはじめて大学教授として愛知医科大学に職を得た。大正十四年一月号の「明星」の「該里酒」一篇を含む〈海日玲瓏〉十一篇の詩は巻頭を飾り、寛・晶子の久しく待望した詩人木下杢太郎は、ここにようやく「明星」に帰ってきたのである。

世相への想片

「犯罪に就て」「凌辱と暴行」「一つの抗議」「官人と老人」「政争の傍観者」「政界の老人達に」「普選案の犠牲」。右に列記したタイトルは一九九六年の新聞雑誌の中から引き写したタイトル、と言っても誰も不審に思う人は居ないであろう。大正十四年七月刊の晶子の感想集『砂に書く』より任意に写した。人のタイトルを筆にしてすら、気分が悪い。東京駅の巡査の大群は「民衆を睥睨し、寄らば斬らんと云ふ風の身構へであった」、大震災後の政府及び市役所の仕事の有様を見て思ふに、「ほんとうの復興は其等の老人に遠慮して貰ふことから始むべきでせう」、目前の政争は「国民を餌食にする猛獣同士の争闘に過ぎないと見てゐます」、治安維持法は「時代錯誤の法律で、白昼の亡霊」である、云々。そうして蚊帳の外に放置された国民は、――「新しい真剣な国民となるべき男女は、まだ只今幼稚園あたりに遊んでゐるのだと思ひます」。世相想片をとり集めて『砂に書く』と書名をつけた心境は痛ましい。

私の精神的の営みには、どうも亜米利加は多大の栄養素を与へぬやうな気がするし（工業上の知識及び趣味のない私に今迄亜米利加で感心したものは、多くは欧州から移入せられた、文化の一部でした）、此途方もなく大規模な常識主義から逃れ出したいと云ふ心になりましたから、此地の医学者及び植物学者が、サンチャゴ及びタスカロザの地が私の或研究に好都合であると暗示するや、私の異郷を喜ぶ心は、一も二もなく之に同意し、私は軽々しくも玖馬行を企てました。

（杢太郎「クウバ紀行」「明星」大10・12）

アメリカから脱出して解放されることの一つに、「亜米利加の新聞から離れたこと」が杢太郎を晴々とさせた。日英同盟のこと、極東の軍事情勢のこと、人殺しの事件が新聞の見出しに大きく躍り、自動車事故から他人の結婚の噂等々、アメリカの一大活力はこうした国内外の動向からスキャンダルまでの一大騒音の中に波打っている、と観察する。ヨーロッパ直輸入の「文化」と「大規模な常識主義」――ユマニスト杢太郎の欧米見聞通信第一報が、復刊間もない「明星」（一巻二号）に、森鷗外の「古い手帳から」（其二）に続いて掲載されたのは大正十年（一九二一）二月であった。ところで、愛知医大教授太田正雄（杢太郎）は大正十四年一月の新春記事を地元「名古屋新聞」から求められ、「名古屋に就ての感想」を寄稿した。

「名古屋独自の文明とては、我々外来人に直ぐ気付くほどには生育せられなかった」と控えめな発言のあとに、名古屋城と茶の湯と西川の踊と方言ぐらいが、他郷の人にその土地を印象せしめるぐらいだと述べるにとどめる。その土地を愛する商人と芸術家の活動と彼らの人間的資質が文明の盛時をもたらすと、一般的な指摘にとどめている。

この地における杢太郎の発言でより本質的で重要なものは「日本文明の未来」(「中央銀行会通信録」大14・8、同9、同11、大15・1)である。現代文明の功利主義、物質偏重を「エフイシエンシイ」に基礎を置くものと観察する。人間精神の疲弊と荒廃は全ての価値が「能率を高める」ところに置かれており、近世、近代の文学、芸術の動向もこうした風潮と無縁ではない。自然主義といい、人道主義といい、これらは「偶像(伝統)破壊主義」であって、したがって「内容(思想)主義で、形式に重きを置」かない、それで文章が「乱暴」である。フランスなどで言われる「ユマニテ」「ユマニスム」とはまるで異なっている。わが国では「文化」ということばすら、「文化村」「文化建築」「文化鍋」「文化石板」「文化足袋」と本来の語義から離れてサーカス状態にある。

早い話が此地の愛知病院の如き、鉄筋コンクリートで固めばなしで、趣味もなければ装飾もない。まるで波止場に建てる倉庫のやうなものである。

昔日の森鷗外のいわゆる小倉左遷と対比して、杢太郎の名古屋時代の精神的苛立ちを詳細に明らかにしたのは杉山二郎(『木下杢太郎　ユマニテの系譜』平凡社)であるが、名古屋の一病院を評して「波止場に建てる倉庫」と観たのは、そのまま現代日本文明の縮図的有様であった。

大正十二年(一九二三)九月二十七日、関東大震災による都市復興のために「帝都復興院」が設置され、内務省、鉄道省の人脈によって幹部職員が配置された。鉄道省建設局工事課長の任に在った木下杢太郎の次兄太田円三が、このとき土木局長としての重責を負ったのである。帝都復興の計画は「帝都復興審議会」に委ねられ、国務大臣の礼遇を与えられた長老政治家の「政治的揺さぶりの機会」に活用され、計画の策定と復興予算は変更と縮小を幾回となく繰り返すこととなった（越沢明『東京の都市計画』岩波新書）。

焼け跡には水道がほとばしり、電話、電報も不便が改められず、不足した電車に市民の困難は極に達していた。政争の狭間に放置された市民の一人として、晶子は抗議の声を上げている。

私は復興院の顔触を見た時に既に直感して云ひました。『これは過去の人間ばかりです、未来の解る若若しい魂の持主が余りに尠いぢゃありませんか』と。次いで審議会と云ふ不用の諮問機関が出来て全くの老人ばかりが網羅せられたのに到って、私は断然『東京と横浜の復興は姑息な事になりますよ、百年後の子孫に取返しの付かない悔をのこすものになりますよ』と云ひました。

前記『砂に書く』の中の「官人と老人」の一節を引くだけでも、杢太郎の苛立ちと同様の心境に晶子があったこと、多言を要すまい。

「エトランゼエ」の淋しさ

「個性の並存」「感情と理性」「謂ゆる芸術教育」「古典の研究」――『砂に書く』のタイトルをこうしてまた、列記してみた。この著者の世相の想片に見られた怒りが、どのような考えと感性の上に挙げられたものか、その手懸りにはなるはずである。

社会は不完全なと同時に複雑した個性の無数に並存してゐる集団である。

社会は個性の並存であるが、それは皆『自然』から分化したものである。この意味に於て人は互いに連帯してゐる。

性急と速断とで、社会を自分達の意見や様式の杓子定規に当てはめ、他を一切之で律しようとするのは僣越であり不自然である。

「個性の並存」の主張は他方に社会成員のすべてに特定する「意見や様式」を杓子定規に強制する社会勢力へ

の異論中立てであるが、ここから更に一歩踏み込んで、それでは育成さるべき〈個性〉の中味についても、この著者晶子の見識が示される。「古典の研究」がそれである。

何れの国でも太古にさかのぼれば、恐らく其国、其人種、其民族の固有の文化と云ふものは影の薄いものになるでせう。何れも他と接触し、相互に発明した文化を融通し合ふので、各の国民が豊富な文化を持つやうになります。自国の色合を保ちながら他国の文化を摂取して新しい特色ある自国の新文化を生むのです。それで『固有』と云ふ事は決して唯一の貴いもので無く、摂取力と創造力との盛んな国民が立派な文化を持つ結果になります。

「武士道」を「国粋」だと激賞する陸軍大将、「茶の湯」の遊びを「国粋」だとパリの真中で紹介した日本大使、こうした人たちは「無知より生じた保守主義者」であると晶子はバッサリ斬りつけている。木下杢太郎は前記「日本文明の未来」の講演の中で、日本文明の行き詰まりを打開する途は「エフイシエンシイ」の一層の推進ではなく、われわれの「文明の淵源」を尋ねるほかないことを説き、第一は「支那の文明、第二は印度の文明、それにヨーロッパの文明が加はつたもの」と指摘して、その概要を語ったことが、ここで想起されなければならない。『日本古典全集』(編纂・校異・校正　寛・晶子・正宗敦夫)が「過去の日本文化を回顧するに止まらず、国民の教養として未来の日本文化を生む所の基礎となるもの」(刊行趣旨)という趣旨のもとに刊行される快挙に、杢太郎は直ちに「古典復活禮讃」(「明星」大14・12)を寄せて、

古典は百年千年の『時』の風雨に洗はれて残つた人間精神の世界のモニユマンである。自ら直接に古代人道上の大覚者に(その幾分たりとも)参通するを得たらんには、我我の精神の為す飛躍はそれ幾何ぞや。

と推賞した。現前に深刻化する世相、人心に目を当てて、「我我は自家の田園の荒廃を防がねばならぬ。明治十年前後の、日本文で手紙を書くことも出来なかつた大官が日本をどこへ導かうと思つたかも、よい参考になる。」

と述べ、『日本古典全集』刊行の時宜を得た意図に大きな期待を寄せたのである。

マロニエの花

それはあの巴里の
いつもの曇り空にマロニエの花の
散るやうな日であつた。
私は一人のさびしいエトランゼとして
ある橋の欄干に身をもたせて
ぢつと行く水を眺むる人であつた。
などと、二年もすると
罫の引かれた紙に
物書く身となるのかしら。

（杢太郎）

前記の詩「該里酒」には、浪漫的抒情の薄暮にも似た淋しさをキューバ航路の船上に味わった心情があった。「マロニエの花」（「明星」大14・1）には、色濃く現実が投影して、「罫の引かれた紙に物書く」境涯に置かれるであろう自身の姿を鮮明に幻視する。帰国後、名古屋という土地柄と愛知医科大学のポストの坐り心地の悪さをわが国の社会的、文化的縮図として、先の詩的幻視を、たちまちのうちに現実のものとして実感する悲哀を味わうことになったのである。

太田円三のこと

太田円三は杢太郎太田正雄の次兄にあたる人である。長男賢治郎は明治十年生れ、次男円三は十四年、末子の三男正雄は十八年の生れである。父惣五郎は明治二十一年に病没し、家業「米惣」を長男が継いで一家の柱となった。円三は静岡中学から一高、東大を出て、技術者として鉄道省に入ったが、大正十二年九月一日の関東大震災をきっかけに後藤新平に招聘され、帝都復興院に入り土木部長の要職に就いた。帝都復興事業（大13～昭5）の概要について越沢明『東京の都市計画』に教示を受ける。大震災によって東京市では、人口二百四十万人のうち三十万余世帯（62％）百三十四万人（58％）が罹災し、六万人の死者を出した。都心部と下町のほぼ全域が焦土と化した。帝都復興院後藤総裁を中心に、大正十二年（一九二三）十二月三日の閣議決定までの三ケ月間、職員は休日を返上し、連日連夜プランの策定に尽力した。原局予算案は四十一億円でスタートしたが、屋上屋を重ねる帝都復興審議会（政友会総裁・高橋是清、憲政会総裁・加藤高明、枢密顧問官・伊東巳代治、貴族院議員・江木千之、財界人・渋沢栄一ら）の長老政財界人らの、政治的揺さぶりの意図と結びついた強烈な横車によって実施計画の縮小を余儀なくされた。復興予算は約六億にまで削減され、議会多数派の政友会によって二割のカットに縮められた。その上、復興院事務費は全額カットされ、大正十三年二月、ついに帝都復興院は廃止の止むなきに至った。以後、内務省の外局である復興局の位置へと押し込まれた。復興事業の上に降りかかる困難は続き、同年八月二十一日付の全国各新聞は「復興局の大疑獄」の大見出しを掲げ、「調度係長と購買係員が共謀し／御用商人から収賄して／二十万円不当利得さす」（「東京朝日新聞」夕刊）などと報道した。太田円三同様、後藤の強引な招聘によって東大教授から引き抜かれた佐野利器（建築局長）は、帝都復興院の廃止と共に東大へ戻ったが、土木部長太田円三には戻って行く椅子はなかった。太田円三を鉄道省からスカウトした後藤が回想するように、「文学の才もあって計画に富み、さうして余り情実になづまぬ所」を見込まれて復興局入りした太田円三に、全く身に覚えのない汚職嫌疑の火が飛んだのである。太田円三は下僚の一人に「若し土地の買収に就て忌はしいことが万に一つもあったとすると、此復興事業はそれが為に非常な障碍を受けなければならぬ、お前はどう考へるか、私は実に心配に堪えない」と漏らしていたほどであったから、飛火はまさに青天の霹靂であった。大正十五年三月二十一日夕刻、太田円三は自宅にてドイツ製のナイフで心臓部を一突き貫いて絶命した。告別式の行われた二十三日、同刻に衆議院における有力議員の復興局攻撃の演説に対して、警視庁の中谷刑事部長は「太田君の一身に就ては、何等俯仰天地に恥ぢることはない」と疑惑を一切否定したが、妻子を遺して逝った太田円三の無念は晴らされなかった。四十五歳であった。

杢太郎太田正雄の衝撃

四月十七日夜

朝、亡兄の為めの追悼会の通知を受く。夜、書を読みながら、思、旧所に滞る。

○

苛まれた心があたりを見廻はす。
何か外に其原因はないか、
何か報ゆべき仇はないかと、
仇があつて復讎が出来れば、
それはたとひ破滅であらうとも、
心はその為めにうちなごむであらうのに。

外に仇はなく、手の挙げばもない。

苛まれた心がただ身を責む。
春燈風冷く、
滂沱たり、ただ涙。

（杢太郎）

「明星」大正十五年六月一日発行の号（第八巻第四号）は、巻頭に与謝野晶子の詩「木下杢太郎さんの顔」を掲げ、巻末にこの詩と向き合うかたちで、木下杢太郎の詩（総題「春のおち葉」）が置かれてある。「序詩」「薄暮の人影」「消えてゆく轍」「永代橋工事」「四月十七日夜」「跋」の連詩構成より成る。「仇があつて復讐が出来れば」、よしんば身を破滅させることになっても、「心はその為めにうちなごむであらうのに」――杢太郎の詩集『食後の唄』（大8・12）の軽妙洒脱、あるいは健康なエロスと、ほどよく効いたエスプリの詩的情調をよく知る者にとって、この荒々しく、露わな詩句は、ただごとでない感情の気配を感じさせる。『木下杢太郎全集』に収められてある「詩歌草稿」中、

とん……と音、
はつとした、わたしは。

驚いて人が
わたしにも告げた。
医師らしい落付で
「おや飛んだ事ですな。」

さう言つたが
腹では
「あ、やつたな。」
とつぶやいた。

夜中に
たつたひとりになつて、
わたしは泣いた。

「だけど、なぜ、
やつたんです……？
だけどなぜ……」

（杢太郎）

太田円三の追悼会は大正十五年四月二十三日夕刻、上野精養軒で催された。遺族をはじめ親交のあった知友参ずること四百三十名を超え、復興院初代総裁後藤新平はじめ各界代表による弔辞が述べられた。非業の死に憤情やるかたなき人々の当日の光景は『鷹の羽風　太田円三君の思出』（大15・6　私家版）と題する百二十ページばかりの小冊子によって知ることができる。追悼会当日、出席者へ配布された冊子もこの中に収められてあり、自殺前後の太田円三の動静が詳らかにされる。

病気はよくなかつたさうである。死の数日前役所で自殺した時の気持ちのよかつた話をした。それは刀をうしろから首にあて丶スパリと切つた、その首がコロリと前に落ちた時には何とも云へない快い感じであつたと云つたさうである。

死の前日は例の如く役所から鉄道協会へ来て球を撞いて、夜は長唄の稽古に行つて、四月の大会で歌ふのだと云ふのを復習へてゐたと云ふことである。

当日は朝から頭痛のため臥っていて、午後夫人は子供をつれて歯科医から三越へまわり、この春から小学校へ上がる息子のカバンを買いに行った。その日の午後四時半頃——。

其室の片方にはヅボンが懸つてゐた。ヅボンのかくしの中には君が毎日役所で使つてゐた独逸製のナイフがあつた。臥床のまゝ君の瞑想は果てしなく続いた。想像は想像を生んで遂に君を死の断崖へと導いた。その時君は発作的に立つてヅボンのかくしからナイフを取出して再び床にはいつた。その小さいナイフで心臓部を一突き貫いて絶命したものと想はれる。

前記の詩稿に日付はないが、「とん……と音、はつとした、わたしは。」「腹では『あ、やつたな。』とつぶやいた。」のくだりに目を留めれば、この詩稿が悲報をもたらされた直後の杢太郎の衝撃の声であること、明らかである。太田円三の中学時代の同級生の回想に、円三の凝り性は、囲碁、将棋、歌留多、野球、玉撞き、謡曲、長唄など多趣味に及び、外国文学方面ではテニソン、ワーズ・ワースの詩集に読耽り、ホーソン、ラフカディオ・ハーンを読破する読書家であり、自身も「深刻な新体詩」を作って読まされた、という。ゲーテの『若きヴェルテルの悩み』や近松の心中物もこの時代の愛読書であった。

太田君は一見多数の矛盾を持つた人でありました。詩人の情熱と理学者の冷静、これが一つの矛盾に見えます。

同級生加藤静夫の「太田君の年少時代を偲びて」と題するこうした追憶は、そのまま円三の弟太田正雄の性格そのままではないか。野田宇太郎作成の「木下杢太郎略年譜」に、「明治三十六年　第一高等学校第三部入学。正雄は美術学校を志望したが家人、特に三姉たけと次兄円三の意見に服して医学を決意した。しかし一高入学後も文芸への希望は捨てず」「明治三十八年　正雄は河合浩蔵によつて建築学にも大いに興味を覚え」「明治三十九年　東京帝国大学医科大学入学。大学進学には文科大学独逸文学科への希望も捨てなかったが、家人の予定通り結局医科に進んだ」とある。杢太郎はこの当時を回想して「街頭の傍観者」という随想を書いている。この随想は「冬柏」（昭8・8）発表であるが、大正十五年の稿である。

今は亡き舎兄が其時諭して云ふには、昔は知らず、現在では、よしんば精神科学に就くにしても生物学の知識が無くては何もならぬ。ゲエテが壮くして医学を学んだことを考へよと。僕はここに自己に対する弁疏を得て再び学校に通つた。

太田円三が木下杢太郎になり、木下杢太郎が太田円三その人の人生を歩んでいても少しもおかしくはない。「あ、やつたな。」と瞬間に横切った感じは、自身のこととして直覚的に思ったことである。それ以前から、自分の身内に暗い予感がうずくまっていたにちがいないのである。

夜中に
たつたひとりになつて、
わたしは泣いた。

泣いたのは、太田正雄であって、太田円三が泣いたのである。

　　薄暮の人影

あれ、あの侍はどこへ往くのだらう、
そろりそろり旁目もふらず……
荒海は薄暮に黒み

汀には小鳥も鳴かず、

村はづれ、あれから先は
十幾里、人ざとも無いのに……

あれ、あの侍はどこに往くのだらう、
しよんぼりと腕をこまぬき……

今、あれ、橋を渡つた、
だんだんと姿とほのく。

森は暗く、ただぼんやりと、
白いかげ……りゆうりゆうたる松風。

（杢太郎）

鶴見祐輔（東京帝大卒、鉄道省入り。後藤新平の女婿）の「太田君の性格」と題する追悼の挨拶に印象に残るエピソードがある。太田円三は鉄道省に居るとき、非常にたくさん小説を読んだ。

そして自分が始終死ぬ迄に為たいと思つて居ることは、どうか世界の思想史を書きたい、人類の思想の変遷して来た歴史を書きたいと思つたので自分は子供の時から日本の文学を読んで居つたが、此の頃は外国の物を非常に沢山読む、

と話したことがあると述べ、支那の文学からヨーロッパ、アメリカ、さらにはアイルランドの文学まで書斎に入

っていたという。死の前日の朝に書いた長唄のメモもこの折に参会者に披露された。

物はみな、はなれやすきが常ぞかし。あれあの木々に、いまをさかりとさく花も、夜半のあらしにちるならひ、翠帳紅けいにまくらならぶるこひなかも

太田円三の少年時代を知る友人の言に、「詩人の情熱と理学者の冷静」があったと語られるが、社会人太田円三が職場の友人鶴見に見せた一面もまたわれわれの興味をひく。「世界の思想史」を書きたい、こうした大きな抱負に自分の全知性を賭してこの世界の中に意義ある生を全うせしめたいとする熱誠があり、一方に「物はみな、はなれやすきが常」とする万物流転を実感する感情が存在する。この両面は矛盾する側面ではなく、万物流転の中に生きて在る実感が「人類の思想の変遷」への関心を強めるという関係を意味するはずである。人間の意志の連続性に対する確信――歴史に対する情熱は、瞬間の自身の行為の中に人類の過去・現在・未来へと連鎖する永遠の意志を実感するところに根差していること明らかである。鶴見祐輔は友人太田円三の自殺に、十四、五年前の乃木大将の殉死を連想し、あるいはここ追悼会の会場となった上野の森が日本の歴史上縁故の地であることを想うと語る。ここ上野の森は去ること六十年の昔、徳川慶喜が上野東叡山大慈院に蟄居し、朝廷に恭順の意を表したところであり、討幕軍がこの森にも彰義隊を討って、歴史の転換を決定づけた記念の場所である。〈侍〉は敗北し、歴史の表舞台から退場したのである。ここにも、太田円三の死を個の死を越えたものの、ある象徴として納得しようとした鶴見の意図が理解されるのである。葬儀のために太田円三の自宅を訪ねた鶴見は非常な感慨に打たれた。

お宅のお庭の中に一個の滑り台があつたことであります。子供が上から滑り降りる木である。二年前にはお庭には無かつたのであります。

あゝいふ長い文学的な思索をされた太田君から見れば、目前の事はそれ程お気にもならなかつたらう。併し彼の一人子の陽三君の為に、あの滑り台を造つた太田君は色々な感じを以て世の中を眺めて、さうして或は

自分も子供と別れて行かなければならぬと思はれました時分には、随分苦しい思を有たれたらうと私は沁々思ふ。

鶴見祐輔は太田円三とほぼ同い年の子供をもっていた。父親と死別する幼い子供に、手造りの滑り台を遺してやる。「人類の思想の変遷」はついに草稿にもならず、友人の追悼の挨拶の中にだけ記憶される。鶴見祐輔の話に乗じて無駄口をたたいているのではない。知ったかぶりをして、いろいろな余話を紹介する余裕など、ぼくははじめから持ち合わせていないのである。

大地震で死んだ二十五万人の人々の無念を背負い、肉親を喪い、家を失い、生きる希望を喪った幾十百万の人々の呻きを背負って、復興に寝食を忘れる日日。中傷、流言、「正義」の衣を着たエゴイズム。この国の、この社会の自由やデモクラシーの根っこに潜む多衆化した〈姿なき司祭〉によって死に追いやられた太田円三。詩を離れた駄弁ではない。「外に仇はなく、手の挙げばもない」とき、苛まれたこころは、どのようにして再生することができるのか。薄暮の中に見た侍の後影を追う目は、次第にぼんやりとする。

森は暗く、ただぼんやりと、
白いかげ……りゅうりゅうたる松風
松風を聴く侍、太田円三、否、それは木下杢太郎ではなかったか。

「木下杢太郎さんの顔」

与謝野晶子は自分より七歳年少の木下杢太郎のことが若い頃から大好きであった。

友の額のうへに
刷毛の硬さもて逆立つ黒髪、

その先すこし渦巻き、
中に人差指ほど
過ちて絵具の――
ブラン・ダルジヤンの付きしかと……
また見直せば
遠山の鬢に
雪一筋降れるかと……
否、それは白髪の奇しき塊。

然れども
友は童顔、
いつまでも若き日の如く
物言へば頬の染み、
目は微笑みて、
いつまでも童顔、
年四十となり給へども。

年四十となり給へども、
若き人、
みづみづしき人、

初秋の陽光を全身に受けて
人生の真紅の木の実
そのものと見ゆる人。

友は何処に行く、
猶も猶も高きへ、広きへ、
胸張りて、踏みしめて行く。
われはその足音に聞き入り、
その行方を見守る。
科学者にして詩人、
他に幾倍する友の欲の
重りかに華やげるかな。

同じ世に生れて
相知れること二十年、
友の見る世界の片はしに
我も曾て触れたり。
さはいへど、今は我れ
今は我れ漸くに寂し、
譬《たと》ふれば我がこころは

薄墨いろの桜、
唯だ時として
雛罌粟《ひなげし》の夢を見るのみ。

羨まし、
友は童顔、
いつまでも童顔、
今日見れば、いみじき
気高ささへも添ひ給へる。

「木下さんは一方に科学者である、医学博士である、大学教授である。病院で皮膚科の専門医である、一方に画家である、戯曲家、詩人、小説家である。また一方で考証家、批評家、支那学者である。また一方に独、仏、英、支那の各国語に通じてゐる人である」。高い学歴があり、深い専門分野を持ち、多趣味で、いつも豊富な知識や情報や小話をポケットに入れている人——こうした人を〈木下杢太郎〉と晶子は呼ばない。

年四十となり給へども、
若き人、
みづみづしき人、
初秋の陽光を全身に受けて
人生の真紅の木の実
そのものと見ゆる人。

〈木下杢太郎〉はこのような人である。前掲の詩は大正十五年四月二十五日、先の上野の森の追悼会の二日後の「横浜貿易新報」に掲載され、同年六月一日発行の「明星」（五・六月合併号）に再掲されたものである。前記、木下杢太郎讃美の一文は、これまた前記「明星」の晶子筆による「泥土自像」と題した随想文のくだりである。「私は木下さんが新しく出版された『支那南北記』を読みながら、相変らず木下さんの讃美を繰返すのである」と記されてある。

『支那南北記』（大15・1）に、奉天病院長時代の随想「むだごと」（大8・1）が入っていて、同地で知り合ったフランス人のその夫人が、「此奉天と云ふ都会は何て荒涼たる都会であらう。一人のアルチストもない。一人の弾じ得るものもない」と歎息する声に共鳴する杢太郎のこころに横切った情調は、「甘美にして悲哀深長なる『江戸』の情調などはもう昔の夢になつた」という落莫感であった。そうして毎日毎日、夜になると必ず「重いメランコリイ」に悩まされる、と述懐するくだりがある。「此処での生活はまるでコスモポリットである」とぼそりと投げ出す口調に、それでは故国に帰れば乾いたこころが潤うであろうかと期待もかけられるところである。「狭い東京的、江戸的または徳川的の郷土芸術に対する偏愛から遠ざかったら、荒唐無稽此上ない生活」（「故国」）が待ち構えているのである。コスモポリテンと言ってもエトランゼエと言っても、生活と情調の根底を希って叶えられぬ者の深い悲哀は杢太郎の、晶子の心境であったこと、明らかである。しかし、杢太郎も晶子もこの国の現在と未来を徒らに漫罵する骨がらみのコスモポリタンの徒ではない。晶子は『砂に書く』（大14・7）に、

社会は個性の並存であるが、それは皆『自然』から分化したものである。この意味に於て人は互いに連帯してゐる。

と述べている。〈個性〉それ自体が〈連帯〉を必須ならしめている。これが社会の実相でなければならぬ。世界は紛糾を極めた〈個性〉の相対の活動の中に進んでゆく。古人の「万法流転」はこの意味で不朽の真でなければ

ならぬ。桑木厳翼、美濃部達吉、吉野作造、左右田喜一郎、有島生馬、石井柏亭、高田保馬といった学界と芸術界の第一級の人々の中に、木下杢太郎は当然のことながら名を連ねる。〈個性〉の並存を説く与謝野晶子の念頭に在る人間のイメージ、こうした人々に示される「私生活を聡明と優雅とで豊富」にされた個人の生活の、無数の織物が〈社会〉でなければならぬ。

我々は希臘《ギリシャ》人風の物の考へ方をしようとして努力する。此世を善くしよう、美くしよう、知識と芸術とを以て、人生を確かにし、深くしようと。然しそれは付け刃である。ともすると直ぐに、かの悲哀感情を伴ふ宿命主義の誘惑に陥つてしまふ。

前記杢太郎の連詩「春のおち葉」の中に挿まれた「消えてゆく轍」にある孤独なつぶやきである。この国の歴史と文化が生んだ稀有な個性〈木下杢太郎〉の、余人の想像と同情を寄せつけぬ失意を目の前にするとき、彼のことが若き日から大好きであった晶子に何ができたであろうか。

日本近代の巨人森鷗外の衣鉢を継ぐ人、大きく精緻に充実した人、全身に情熱の行き亘る人、木下杢太郎。「木下さんに対する人は十日でも一箇月でも其話題の尽きる事が無い」と晶子に言わしめた人。この人を医学と文芸の道へと押し出した兄太田円三。技術者円三の東京再生の夢をかたちにしようとした隅田川の諸橋。永代橋が木橋の時代から少年杢太郎に与えた感激も、今は枯れた。

基礎はなるべく近世的科学的にして、
建築様式には出来るだけ古典的な
荘重の趣味を入れて貰ひたい。
などと空想して得心した。

それだのに同じ工事を見ながら
今は希望もなく、感激もなく、
うはの空にあの轟轟たる響を聴き、
ゆくりなくもさんさん涙ながれる。

（「永代橋工事」）

「明星」（大15・6）は、与謝野晶子の「木下杢太郎さんの顔」は、「結局は宿命主義の諦念に終つてしまふ」自身と格闘する木下杢太郎への心からのエールであった。

太田円三のこと、木下杢太郎のこと、与謝野晶子のこと、七十年前のこの国に起こったことを書きながら、ぼくはこころのふるえを止めることができなかった。今日の有様を想って——。

関東大震災と古典復興

十余年わが書きためし草稿の跡あるべしや学院の灰　（晶子）

寛・晶子は、大正四年以来東京麹町区富士見町に住いして、関東大震災に遭遇した。寛が京都の支援者、小林政治に、「荆妻の『源氏』の原稿も一切文化学院と共に焼け申候」と便りをしたのは大地震三日後のことであった。大地震は軌道に乗りはじめた第二次「明星」をも直撃した。「明星」九月号は九月一日午前十時に市内の大取次へ渡されたが、その数時間後には灰になっていた。

石川啄木の死（明45）、平出修の死（大3）、上田敏の死（大5）、六男寸の死（大6）、森鷗外の死（大11）、有島武郎の死（大12）。――震災に加え、大正期、晶子は次々に自身につながる死に遭遇した。三十四歳から四十五歳の〈死〉体験は、人世の光明と老後の寂寥、死後の宿命を主題とした『源氏物語』を実感する十年間であった。

関東大震災でも、八ケ月を経た大正十三年五月、歌壇最大の結社「アララギ」は『大正十二年震災歌集灰燼集』を出版した。『悲傷と鎮魂』『瓦礫の街から』『阪神大震災を詠む』。阪神大震災から三ケ月を経た一九九五年の四月には、詩人、俳人、歌人の鎮魂の記録が相ついで出版されている。

晶子も震災を詠んでいる。

わが立てる土堤の草原大海の波より急にうごくなりけり
傷負ひし人と柩が絶間なく前わたりする悪夢の二日
露深き草の中にて粥たうぶ地震に死なざるいみじき我子
焦土よりすでに都に興るとよわれの楽くはそれに似ぬかな

（『瑠璃光』）

この地上に「傷負ひし人」が在り、「柩」と化した人が在り、草上に粥をすする人が在る。思えば人間が世界に在る在りようは、このような在り方を外にしてあるはずがない。〈天変地異〉は人間存在の実相を瞬時のうちに露わにしたのである。

大正十三年、晶子は震災前の歌を集めた歌集『流星の道』を刊行した。

わが住める門の口をばうかがひし落葉なりけん積れるものは
目を伏せて街を歩めば行くところ落葉のみなる世のここちする

死に向う生の相を自然の景物に仮託する、その発想と技法に、すでに余裕がある。震災後の歌を集めた歌集『瑠璃光』（大14）は、前掲の歌を含む震災の歌を歌集中ほぼ中央に配列して、その前後に有島武郎への哀悼歌と自身の病床詠を配する。

自身の精神の深部につながる人の死の体験、この地上に在る人間存在の実相、生命の衰えを凝視する歌、この歌集の構成の中心部分に、晶子の〈生〉〈死〉をめぐる想念が示される。

「アララギ」震災歌集刊行のその同じ月に、「明星」復刊一号が刊行され、晶子は『流星の道』を著わして灰燼の中から立ち直り、そうして『源氏物語』訳に一からとりかかる。『新新訳源氏物語』（全六巻）は昭和十四年九月に刊行が終了した。

一方、大正十四年から寛・晶子・正宗敦夫共編の『日本古典全集』の刊行が始まっている。古典文学に専念する五十代の晶子の文学的動向は、三十代後半から四十代に深化した人間についての想念の深まりと関係する。

過去―現在―未来に「万法流転」（日々新たにしてまた日々新たなり）が貫く。晶子によると、これが「人間生活の真相」（『砂に書く』大14）である。人間の死も樹木の落葉（死）と同様であって、だが違っているのは、人間の〈生〉は人間によって「万法流転」の相の中に観照されることによる。しかし、「万法流転」の世界に自身を実感することは寂しい。人間の〈生〉の寂しさに色どりを添え、慰めを与えるものは《古典》である。この地上に形あるものが消滅しても、祖霊がこの世界に遺した《精神》の結晶としての《古典》は不滅である。晶子晩年の最大の関心が、《精神》の結晶体としての古典文学の教育・研究と普及に向かったのは理由のないことではない。

大震災による心の空洞化からまもなく立ち直っていく晶子晩年の姿は、人間がこの世界にどのような相で存在するか、あるいは人間は人間存在の寂しさをどのように乗り越えてゆくかを、今もまっすぐにぼくらに示してくれているように思われる。

晶子『瑠璃光』

有島武郎氏を悲みて

君亡くて悲しと云ふを少し越え苦しと云はば人怪しまん
書かぬ文字言はぬ言葉も相知れどいかがすべきぞ住む世隔る
しみじみとこの六月ほどもの言はでやがて死別の苦に逢へるかな
末つ方隔てを立ててもの云ひき男女のはばかりに由り
なつかしき書斎の戸口閉ざされし前にはかなき人の身を泣く
信濃路の明星の湯に友待てば山風荒れて日の暮れし秋
山荘の終焉の室何故に一目見にけんそのむかしの日
ゆくりなく君と下りし碓氷路をいつしか越えて帰りこぬかな
客中の君が消息山陰の海にもまさりさびしと書ける
赤倉に野尻の湖を見しほどのさかひにせめて君のおはさば
とこしへの別れと知らず会場のロオランサンの絵の方に来し
鈍色の空を眺めてある外のいみじきことを知らぬこの頃

死ぬ夢と刺したる夢と

憧れのパリ訪問の、よろこびの紀行文集『巴里より』は大正三年（一九一四）五月に共著にまとめられた。これを一読する人は「つまらない読物」とする評を、ただちに退けるはずである。この歌人夫婦、恋人同士にとってパリの赤い火は、彼らの芸術の上にも、人の上にも、間柄の上にもいろいろな陰影を投げ続けた。寛『鴉と雨』（大4）、晶子『夏より秋へ』（大3）、ここには訪欧前後の二人の複雑な心境、心理が著わされているのである。

『鴉と雨』の風景

この日まで捨つべき恋に

群青《ぐんじよう》の海のうねりのかたぶけば白きつがひの鷗ながるる　（寛）

群青の海の、大きな海原のうねりの中に、誘われるように一つがいの真白な鷗が流されてゆく光景。鮮やかな青と純白の対比、はるかなる眺望の一点景。大きな波動に連動する小さなものの、大きくゆったりとした動揺。動きの中の静寂の世界。一幅の絵画的世界を表現する見事な歌と感嘆される。しかし、この一首を歌集の中に読むとき、この歌の次歌に、

この日まで捨つべき恋にかかはりぬわれの不覚か君の不覚か
酒がめをくつがへさずば酒盡きじ君を捨てずば君を忘れじ
君もまたわが見ることを遮りぬ心に早くうすごろもして

の三首が配され、大海原の上に流れつつ飛ぶつがいの鷗のイメージが、次歌の映発、あるいは逆光を与えられて変貌すること、避けがたい。この日にまで《捨つべき恋に》かかわっていたのは、自分の《不覚》か、それとも君の《不覚》であったのか、君を捨てること、忘れ去ることを《酒がめ》をくつがえすことと言いなす歌いぶりに、形容しがたいこの人間の心の荒廃、捨て鉢な歌いぶりに虚無的な気分の浸透を感じる。この二首を光源にして、先の《群青》の歌の世界を眺めれば、自然の景物に見る抒情の美しさの背後に、否、《白きつがひの鷗》の光景に、この歌人の内景に在るものが見えてこないか。白きつがいの、それぞれの内景に、たとえば、すでに引いた歌、《君もまたわが見ることを》の歌を置けば、お互いの間にすでに《うすごろも》が感じられるのであっ

て、互いの心に不通の状態が生じていて、ということを想像しておいてよい。それでもなお、互いに何か目に見えぬ大きな意志、運命のちからに誘導されて、流されてゆく。

君が髪切れて赤くもなりゆくか孔雀の羽のおとろふる秋
夜の如しまた喪の如し十日ほど君の心を失ひし家
語ること歌舞伎のうはさ世の流行ただ其れながらにくき眼差

この歌人夫婦のほぼ十年に及ぶ同衾生活の、その日常生活の有様が、説明不用の程度に露わにされる。自然主義のまるで牛の涎のごとく「自己告白」と称する自己表現の、その行儀の悪さに眉をひそめたこの歌人の、投げ出された自身の姿に、「明星」廃刊後のある一種名状しがたい荒廃を見るのは心痛むことである。

君の着る萌葱《もえぎ》むらさき茜ぞめそを背にしたる春風ぞ吹く
錫《すず》とけて坩鍋《るつぼ》に鈍く光るごと重くものうき夏の日のわれ

男と女が同衾するくらしの親しみ、睦み合いは閨房でのよろこびに尽きるものではない。ささやかな日常生活に生起するさまざまな体験、出来事についてことばを交わす、その感情の波動を伝え合い、共有する。こんなふうなところにもよろこびを分かち合うことはあるはずである。歌舞伎のうわさ、世の流行、すたりについての感想、それらがお互いに《にくき眼差》を投げ合う日常を改めて引き起こすとすれば、この男女の危機は深刻である。《孔雀の羽》の華麗さを想い見るまなざしが、その羽の衰えを眺める、その片側に、《春風》の中に恋妻の姿を眺める寛のまなざしの柔和が印象的である。しかしこの歌も、次歌に重く物憂き《夏の日》の気分に沈む男の歌を配することで、男と女のすれ違う心情、つながりを喪った両者の深刻な内景が暗示される。女を眺める和みが同時に自身の暗さを際立たせてしまう、と言ってよい。このような心の屈折は《業病》としか言いようがない。

君に問ふ我れみづからを知り尽すこの業病を何に癒さん

と、相手からの反応の期待されぬつぶやきを漏さざるをえないのである。

わが性は女の如し

われを見る髑髏《どくろ》の目より流れたる涙とばかり白き朝かな

朝の目ざめの風景を、こんなに不気味に詠んだ歌が他にあれば教示を受けたいと思う。《白き朝》という印象は、冬の早朝、乳白色の濃霧のたちこめる実景を想起しておいてよいか。これを形容するに《髑髏の目より流れたる涙》とは、この歌人持前の身ぶりの大きさの健在をアピールする。しかし、このようなことよりも、《髑髏の目》に見つめられる印象が、単なる比喩をこえて感じられる点が肝要である。一首の不気味と言ったのは、《髑髏の目》にこの男の目が凝視されているというギクリとする出来事があり、それによって一日がスタートする異様に目を見張るからである。しかも、この歌が歌集『鴉と雨』の巻頭二首目に置かれて、この歌集全体のトーンを決定的にする。

わが性は女の如しかりそめのひと言にしも目の濡れにけれ
すてばちに荒く物言ふ癖つきぬ何に抗ふ我れにさからふ
幾たびかあと戻りする足つきは我が眺めてもみぐるしきかな

わが愁しくしく泣きて走るなり無花果の葉を雨の叩けば
京洛の人おどろきて秀才とも美少人とも呼びしいにしへ
おもひでを語らんとして咽びけり猶そのかみの涙おつれば

《かりそめのひと言》に傷つく心、いらいらする心、自閉する心の爆発が自身に向けられる。逡巡を繰り返す自身を見苦しと見る目が、いっそうの見苦しさを引き出すのである。女々しさが過去の一切の精神的豊かさを、涙と共に流してしまう実感に苦しめられる。誇負すべき過去もこの男の救いではない。

秋の蜂

冷たくも花粉をつけて水盤の銀のふち這ふ秋の蜂かな

小さな生き物の、短いいのちの相は、人間に自身のいのちのあわれを目前につきつけて、改めて自身の生涯に思いふける機会を恵んでくれる。花粉を身体に浴びて水盤の淵を這う《秋の蜂》のすがたは、夏のさかりの、旺盛ないのちの乱舞の残像と重ね合わされて、ことのほかいのちのあわれを実感する。

秋は来ぬ仁王の開く手の如きやつでの葉さへ萎れ初めつつ
花のまま枯れて黒める山あざみ二尺の茎に淡雪の降る
かれかれの甲斐の葡萄《ぶどう》を手に採れば細き茎より白露の泣く

仁王の手のごとき大きなやつでの葉の、花をつけたまま黒く枯れたあざみの、甲斐の葡萄の、自然の草花の、いのちの衰えを観察する歌人の、自身のいのちの衰えを凝視する目は痛切である。

毛を垂れて骨出でし馬三つばかりわが門過ぎて冬の日に入る
骨などを叩くが如き音ぞする早くも我れや枯れしなるらん

さらにこの思いに加えれば、かつての日々の《美しき夢》の、記憶の底からの浮上ということがあって、この歌人の胸をいっそう胸苦しくせめる。それはこんな歌だ。

をりをりに悪寒の如く身を噛むは悲しく惜しき夢の名残か
美しき夢をちかたの世となりぬ白けたる墓目路に入りきぬ
赤き鳥なに驚くや鳴きさしてわれの夢よりをちかたに逃ぐ

《美しき夢》が遠景へ退き、《白けたる墓》が近景に入る心の風景、《赤き鳥》の飛び去っていく羽音、啼く声を聞く人の荒涼とした心の風景がイメージ化されるのである。

己れを噛む

あさましく飢ゑし獣に身をかりぬ己れを噛みて慰まんため

「日経新聞」文化欄に読んだ、作家木崎さと子さんの「網走紀行」がこの歌にふれて思い出される。北海道の網走の原生花園の近くに住む獣医を訪れた折りの話である。そこに心を病むキタキツネの姿に衝撃を受けたという話である。「メンコ」と名付けられたこのキタキツネは自らの脚や尻尾を傷つけ、その傷から骨膜炎に罹り、十六回も手術を受け、からくも生きのびている野生動物である。すでに二本の後ろ脚も、尻尾も切り落とされ、眼をみひらいてはいるが盲目で、ケージの隅にうずくまっているのである。野生動物は、同種の中では自分と対等のものしか襲わない習性がある。「メンコ」はなぜか仲間におびえていて、襲われる強迫によって自分を傷つけ、仲間より劣ったものにすることで身を護っていた、という。キタキツネの護身のための「自傷行為」のショッキングな話を、寛の歌の心境にいま想い出しておいてよい。この《飢ゑし獣》に身を託して自身を虐める行為と、先のキツネの話は一脈通じないか。

膝の上にしら鳥の羽をむしり居ぬわが目にうつるまぼろしの人
唇も石をば嘗むるここちしぬ歓び早く身を去りにけん
あさましく我れをいたはることをせず命を刻む唯飽かんため
珍らしくこの男こそ哀れなれ生きぬる程は専ら嫌はる

己れを《あさまし》と感ずる目がキタキツネと寛を決定的に分けるはずで、さらに次歌を含めれば、寛の内面の深刻さはいっそう明らかである。

彼等みなないがしろにぞ我れを見る然か見ることを教へしも我れ
飛び去りし燕の巣もあはれなり木の葉ちり入る冬に及べば

「自傷行為」へ至るそもそもに、寛が自ら建てた文学主張、文学集団——自己主張、自己表現の強力を文学とし、近代の歌とする——に育てられ、息吹きかけられて力を得た人々の、寛への当たりの強さがあったのである。寛にはよろこびであるべきが、歎きへ転化するのである。

こころよく物ともせずに

こころよく物ともせずに新しき俵の上を越ゆる濁流

思えば、ながい停滞であった。自己嘲笑、自己憐憫、自虐。この間の歌群を一口で言えば、如上のいくらかの単語を列記すれば事足りるのであるが、寛の心はようやく停滞を脱して動く気配が感じられる。《新しき俵》とは、大水の氾濫を防ぐ俵ではあるが、この俵を易々と越えてゆく濁流に快き気分を投ずる日がある。この光景を佇んで眺め入る人間の声援を受けて次々と越えてゆく大水。

あきらかに平たき物を見るよりも我れは険しき闇を踏ままし

寛の再起する気配があり、闇黒のトンネルの、すこうし先に一条の光が見えてきたか。《闇を踏ままし》この、正面突破の決心が『鴉と雨』の収穫だとすれば、この歌集はセンチメンタリズムの地平から離陸する上でことのほか重要である。

蚊帳をぐぐり来る児

物言ひてもえぎの蚊帳《かや》をくぐり来る我児は清しうら寒きほど

大正四年、寛四十三歳、九人の子持ちになっていた。依然定職と言えるほどのものもなく、慶応義塾に教授として迎えられるまでまだ四年もある。失意、焦燥、自虐の日々にようやく底打ちのきて、生きる力の回復のきっかけをこの歌集によってつかんだように見えると先に述べた。九人の子供たちの、いのちの盛りが父の目に感動的なまでに新鮮だ。何やら口ごもりながら、何やら言いつつ、萌黄色の蚊帳の中へ入り込んでくる子供らを眺める父の目は静かである。その印象を《清し》と何の飾りもなく歌う、その潔いまでの物言いに、静かに湛えられた感動がこもる。しかし、この歌の並でないのは、結句に《うら寒きほど》と結ぶ、その結び方に、読む者をたじろがせる力があることだ。「『うら寒きほど』と表現したのは『清し』を強めようとしたものかわかりにくい」と、研究者が首をひねっている。ぼくは、子供の姿への《清し》としか言いようのない感動、感動する自己のありようへの目がここに示されると理解する。《うら寒きほど》とする物言いは《清し》の強めなどではない。自身のいのちの衰えが、子供のいのちの盛りと対照されて凝視される、と言っておいてよい。いのちのびゆく子供たちを眺める父の内心は、静かなよろこびを湛えると同時に、自身のいのちをのぞき込む哀しみに充たされる。哀しみと言っても、《うら寒き》と言っても同じである。

父の十三回忌を祭った寛は、

十あまり三とせ経ぬればそのかみの放逸の子も父を思へり
悪しき名は子等がためにも遺さじと念せし父にならはぬや誰

と自省する。子供たちの行く末を思って泣く。

その父の負けぎらひをば伝へたる児等がためにも天地を泣く

人の性格を変えることは、人の顔を取り替えるに等しいぐらいに不可能であって、それ故に天与の性格をさだめとして《泣く》ことによってしか、父の人間としての誠実の示しようがあるはずはないではないか。子供の姿が、こうしてこの歌人の視野に、自身の相との対照において入ってきたのである。

『夏より秋へ』の胸のひびき

巨鐘のおと

琴の音に巨鐘のおとのうちまじるこの怪しさも胸のひびきぞ　（晶子）

詩歌集『夏より秋へ』（大3・1）に収められた七百六十七首の大半は、晶子のヨーロッパ訪問をはさむ期間、一九一二年（明45）一月から一九一三年（大2）秋の間の歌を中心とする。

血ぞもゆるかさむひと夜の夢のやど春を行く人神おとしめな　（『みだれ髪』）

「血ぞもゆる」「春を行く人」と誇らかにうたい上げた歌人はすでに三十代半ばに歳を重ねている。「琴の音」

に「巨鐘」の音のうちまじる歌人の怪しく波立つ胸のひびきに耳を傾ける、そこにどのような人生の哀感が聞きとめられるか。

晶子に「夢の影響」（大6・2）という随想がある。美しい文章である。自分はとくに夢を尊重しないが、「夢見」が好いと愉快な気分で仕事が捗り、また夢の中で歌がすらすら詠めたりすると、その日はまことに楽に筆がとれたりすると述べて、さらに次のように指摘する。

古人のように夢の中で好い歌を感得したような経験は持ちませんが、小説やお伽噺《とぎばなし》の構想を夢の中で捉えることは屢々《しばしば》あります。それには空想的なものもありますが、夢の中では意識が一方に集まって照り輝くためでしょう、

そうして、「意識が一方に集まって照り輝く」結果、「微妙な心理や複雑な生活状態」は、目ざめているときよりなおいっそう「明暗の度」がついて、立体的に眺められることになるというのである。古人の「夢解き」の話、『宇治拾遺物語』に記された吉い夢を買う話など、現代人が「夢想家」として打ち棄ててしまった人と夢をめぐる説話の中に人の心の真相を発見する。そこで歌集の〈夢〉の話である。

死ぬ夢と刺したる夢と逢ふ夢とこれことごとく君に関る

《死ぬ夢》《刺したる夢》といきなり突きつけられて、唯ごとではない内心の動揺が伝えられる。つづいて《逢ふ夢》と接続して、この三つの夢のシーンが、すべて《君に関る》とくる。他人の夢の話ではありませんぞ、みんなあなたのことにかかわるシーンですよ、と言いかけられて驚くことのない人は幸福である。

いと寒くかなしきままに明るみへすべり入るなり我が朝の夢
春雨はまじへて降りぬ朱の夢さびしき人のしろがねの夢
夜の夢まぼろしのゆめ何ごとも病めばかなしや君あらぬ日に

朝となり焔の夢を見る人も青き閨よりよろめきて立つ
大いなる濁れる川を赤き帆の船上りきぬ病める夜の夢

空閨の淋しい夜の夢であろうか、《焔の夢》を見たという、ある夜の夢に大きな濁流の只中に《赤き帆の船》の人となって上流に向ったという、こうした夢が何を意味するか。《朱の夢》に隣接する《しろがねの夢》《焔の夢》見る人が《青き閨》よりよろめいて立ちあがる目ざめ、かなしみの気分を引きずって目ざめる《朝の夢》など、数首に詠まれて、紅の絵の具に水色の滲む気分のかたまりが、ぼんやりと伝えられる。別様に言えば、いのちのちからの衰えが、いのちの炎の中にも感受されるとでも言ってよいか。

血ぞもゆるかさむひと夜の夢のやど春を行く人神おとしめな
たまくらに髪のひとすじきれし音を小琴と聞きし春の夜の夢
京の山のこぞめしら梅人ふたりおなじ夢みし春と知りたまへ

別趣の右の三首は『みだれ髪』の夢の歌である。『夏より秋へ』に見たうすものの襞を隔てて語る恋人同士というよりも、心に隔ての感じられる具合の恋人、あるいは夫婦の気分が生んだ夢の歌の傍らに、古証文のようなラブレター様の歌をひき出すのは晶子には迷惑だが、《おなじ夢》を見たこの歌人の、現在の心の風景を理解する手掛かりにはなるはずである。

青き火に捲かれる恋

「先日『出家とその弟子』をおすゝめしましたが、私らの平生眠って居る愛がいくつもあったために覚された気がしてうれしかったからです。」――晶子は旧友小林天眠の妻雄子に宛てて書いている（大7・3・16）。言うまでもなく、倉田百三の不朽の名作『出家とその弟子』の読後感想のくだりである。親鸞は弟子唯円の恋の悩みに答えて言う。

そうだ。よくお聞き。唯円。そこに恋と愛との区別がある。恋の中には呪いが含まれているのだ。それは恋人の運命を幸福にすることを目的としない。否、むしろ時として恋人を犠牲にする私の感情が含まれているものだ。

このくだり晶子はどう読んだものか、「愛と恋愛を一所にされましたことは私はたうていふくすることの出来ないこと」と、先の手紙に述べている。

何をする男女それぞれわがことか白刃の背もて髪を打たるる
恋してふわれの心をこの君は下よりや見し上よりや見し
刃よりするどきものを持ちたるが二人寄るをば危くぞ思ふ

このような歌を眺めてみれば、「恋の中には呪いが含まれている」とする指摘は、晶子の心をまっすぐに直撃したこと明らかだ。「与へずば奪はんかくと叫びたる荒き力もゆるむ日のきぬ」と嘆く声に、恋が、そうして愛が本質において「愛己主義」であって、相手の全てを自らのうちに奪い取ることが、結局は自分を相手の中に同化することであるとする恋愛観が示される。言ってみれば「愛と恋を一所」にしたのは晶子の方であって、この点に『出家とその弟子』を読んだ衝激があったのである。

春と恋力づけよと若き日のわがたましひに目くばせぞする

君が恋やがておのれの血となりて再生の日を早くせしかな
抱けるは唯ひとつなる恋ながらかひあるさまに生涯を見ん

先の《白刃の背もて髪を打たるる》歌、《刃よりするどきもの》を互いの懐に包む歌など、唯ごとならぬ、けわしい気配の歌と対照的に、恋の力へのある種の信仰が示される。この振幅の大きさの中に晶子の心の真相があるのである。

青き火に捲かると云はる恋すれば泉下《せんか》の人の魂《たま》に似るらむ
人の世は貧しき心もちたるもわれの如きもおなじ恋する
わが涙重きおもひをする日より恋しなど云ふ唯事に落つ
くれなゐと思へる胸に灰色の塔いつの間に建てられにけん
奈落《ならく》までともに落ちにき天上に翅《はね》ならぶると異らねども

《青き火》に捲かれる恋とはどのような恋であろうか。
臙脂《えんじ》色は誰にかたらむ血のゆらぎ春のおもひのさかりの命
右の『みだれ髪』の一首をこれに添えれば、《さかりの命》の、その後の歳月を重ねたある相貌があらわれるはずである。臙脂色に染め上げられた若いいのちが、《青き火》に捲き上げられ、《泉下の人》と見られるこの歌人の内面に、ある変化、波瀾が発生していること想像に難くない。しかし、《青き火》に捲かれる《泉下の人》の魂と言い、臙脂色に染め上げられる心と言い、それらは同じ人間のいのちのほむらであることにちがいはない。

奈落までともに落ちにき天上に翅ならぶると異らねども

《奈落》まで共に堕ちる恋、あるいは《天上》に翅を並べる恋のいずれをも異なるところはないと言い切る、その心持ちの堅さ、あるいはしなやかさに、晶子の恋愛観の深まりが見られるのである。

死ぬ夢と刺したる夢と

死ぬ夢と刺したる夢と逢ふ夢とこれことごとく君に関る

晶子の表現者としてのくるしみは、自身の創造のエネルギーとしての恋愛が、自分を表現者へと導き入れた夫寛を相手とすることで、しかしまた逆にそれが晶子の表現者としてのこれ以上には求めえない幸福であるという二律背反の関係に置かれていたことによるのである。寛は夫として晶子の日常にあって生身で相対し、同時に表現者として身近に在る。この二面が両者の関係を複雑にしたのである。相手の手強さにおいて、双方から放たれるエネルギーによって二人はそれぞれの内面に血の滴り落つる生傷を負っていたのである。

やすみなきあらしの中に棲む鳥とおのれをおもふ君とあること

息詰まるこの関係を、《やすみなきあらしの中に棲む鳥》と観察したのは、かかる事態をさしてのことであったのである。

馬に乗る使

日々の生活の内容、感覚、気分、情緒、想像、思想の、それぞれの刹那の動揺、直感、そこにこその人の個性が現われるのであって、個性はそれらと別様に在るのではない。自分の心を凝視するとは言っても、すべては対象との関係であって、それは恋人であり、こどもであり、小鳥であり、草花であり、大気の流れであり、それらとの交響、交叉の実感が歌になったのである。「人は実感する時に自らの生命の真実に生きて動いて居ることを感得する」（『砂に書く』）と言うのは如上の意味において理解されなければならない。

歌詠めと馬に乗りたる使来ぬ湖めぐりかへり来れば

歌が何者かの促しによって詠み出される、不思議な気配をテーマとする。しかしこの実感は一方で、

わが歌は皐月《さつき》におつる雹《ひよう》ならん時をわすれてさむき音かな

の歌に見るように、寒々とした孤独感を伴っているのである。この意味で、歌は自身の心の深淵を覗き込むセンサーの役割を果たしたのである。『夏より秋へ』は『みだれ髪』の歌人の十年の変貌を示すだけではなく、内面の変動の発生を暗示するのである。冒頭歌、

琴の音に巨鐘のおとのうちまじるこの怪しさも胸のひびきぞ

は、内面の変動を「胸のひびき」として耳を傾けた歌集として重要な位置を占めるのではあるまいか。

寛『鴉と雨』

煙草

啄木が男の赤ん坊を亡くした、
お産があつて二十一日目に亡くした。
僕が車に乗つて駆けつけた時は、
あの夫婦が間借りしてゐる喜之床の前から、
もう葬列が動かうとしてゐた。
啄木の細君は目を泣き腫して店先に立つてゐた。

自分は直ぐ葬列に加つた。
葬列と云つても五台の車が並んで歩く限だ、
秋の寒い糠雨が降つてゐる空は
淋しい葬列を露に見せまいとして灰色のテントを張つてゐる。
前の車の飴色の幌から涙がほろりほろり落ちる。
あの中に啄木が赤い更紗の風呂敷に包んだ赤ん坊の小い柩を抱いてゐるんだ。

啄木はロマンチックな若い詩人だ、
初めて生れた男の児をどんなに喜んだらう、
初て死なせた児をどんなに悲んでるだらう、
自分などは児供の多いのに困つてる、
一人や二人亡くしたつて平気でゐるかも知れない。
併し啄木はあの幌の中で泣いてゐる、屹度泣いてゐる。

どこかの街を通つた時、
前の車から渦を巻て青い煙がほおつと出た、
またほおつと出た。
ああ殊勝なことをする、啄木は車の上で香を焚いてゐるんだ、
僕は思はず身が緊つた。

今度は又ほおつと出た煙が僕の車を掠めた、
所が香で無くてあまいオリエントの匂がぷうんとした。
僕は其れを一寸も驚かなかつた、
僕も早速衣嚢から廉煙草のカメリヤを一本抜いて火を点けた、
先刻から大分喫みたかつた所なので……
またもちろん啄木と一所に新しい清浄な線香を一本焚く積りで……

折から又何処かの街を曲ると、
「おい、車体をさうくつつけて歩いちや可かん」と交番の巡査がどなつた。
僕の車夫は「はい、はい」と素直に答へて走つた。
そんな事で僕と啄木の悲しい、敬虔な、いい気持の夢が破れるもんぢやない、
二人の車からは交代にほおつと、ほおつと煙がなびいて出た。

晶子の恋文

晶子の『歌の作りやう』は「既に歌を作りつつある人々の参考にとて著されたもので十五年の永い間の経験を基として、内容を『歌とはどんなものか』及び『私はどうして歌を作るか』に大別して親切丁寧に説かれたもの」と広告文にある。大正四年十二月、東京堂書店から刊行された。ぼくの所有しているのは大正六年一月の五版で、奥付を見ると五年二月には早くも二版が出版されたと記されてあるから、欧州より帰国後の晶子の随筆家としての活躍の勢いが、そのまま歌人の歌作案内の方面へも及んだ感がある。「序書」に筆者自身の案内を記して、

第一章では、私自身の歌を作る態度や感想を述べました。之は私の実感を述べたのです。第二章では、現代

の新しい歌を私が何う観察して居るかと云ふことを述べました。

と内容を示している。第一章は晶子の歌作の基本態度――「実感が歌になる」を様々に語って、その実例として渡欧前後の歌集『春泥集』（明44・1）と『夏より秋へ』（大3・1）から五十首の歌を採っている。そうして第一章の後半に「私が歌を詠み初めた動機」以下、「私の初期の歌」として十九首の『みだれ髪』を含むその時期の歌を引用している。前記『春泥集』『夏より秋へ』の五十首すべてについて見る余裕を持たないが、その歌の配列にはある「工夫」がなされているように推測される。冒頭五首と著者の自釈を引いておく。

天地の白地の春に少女子の遣羽子の音金砂子置く。　1

わが吐くは瀕死の気息と思ふかな、白く、かぼそく、深く、苦しく。　2

もの哀れ知れる心は日の中に春の風ふく、秋の風ふく。　3

酒なるか、劇毒なるか、みづからを生ある限り吸はまほしけれ。　4

身のほとり唯だ過ぎて行く風なども慕はしとする若き心ぞ　5

1は「正月の初めに少女等が羽子をついて居る音を聴いた実感」の歌。宇宙の清純な気のなかに少女たちの躍動する姿が、絵画的構図によって歌われる。2は「遣瀬ない幽愁が内にあって、思はず自分の吐いた気息が臨終の人の気息のやうに」感ぜられる。3は「春の風が吹くかと思へば直ぐに秋の風が吹」く、起伏の大きい心の様子。4は「幸福に酔はせる酒」かはた又、「毒薬」か、「『我れ』と云ふものを我れと我が吸って味ひ盡したい」。5は「微風さへもなつかしいやうに思ふ」「恋に満ちた若い心」を歌ったもの。

生命新生の歓びと臨終の人の気息のような深い苦しみ、春風が吹く。秋風が立つ。歓喜、煩悶、恐怖、悔いや憧憬――われわれの日常と言い、生活の内容と言い、それは何らかまとまりのあるものとして存在するものではない。歌の連接の相は、内的な諸欲求の連続と断絶の層を形成する生活の内容であって、歌はそうした生活の諸相の転回、交叉の刹那に生ずる内面の波動を掬い上げるものである。冒頭五首からさらに内へと目を進めれば、前記五首とは異なる心の傾動を示す歌がある。

とがあるは君かや、身かや、あな気疎、もの云はぬこと朝に到る。　1

憂きことの繋き祓《はらい》に、そのかみの恋の反古をば大幣《おおぬさ》に振る　2

1は「君が悪いのか、私が悪いのか、其れは兎も角、なんと云ふ荒涼じいことであらう、一寸した仲違ひをして、二人が夜どほし物を云はずに、とうとう朝になってしまった」。2は「私は昨日の恋を思ひ出して其れで今の身に降り掛かる苦痛を忘れやうとして居る。憂き事の禍を祓ふために、旧い恋の手紙を幣にして振って居るのである」。このようにして『歌の作りやう』の中を瞥見しただけでも、この本は歌を作ろうとする初学の人びとへの「歌の作りやう」のガイドブックにとどまるものでないことが明らかである。晶子は「実感さへ潑剌として意識の奥に持続して居れば、たとひ十年前に或人事から得た実感でも、其れが今日に表現せらるれば、当然今日の実感でもあると思ひます」と説明しているが、ここに示された〈実感〉は当然自作の旧作についてもあてはまるはずである。歌作初学者への手引として旧作を取捨選択する作業は、思いがけず（あるいは必然のこととして）、編者の現在の心境、ある心の傾向、内面的波紋を映す旧作を選択していたと言ってもよい。こうして選択され、配列され、そうして眺め返されたとき、過去の歌は新しい息を吹き込まれて蘇生し新しい歌となったのである。晶子は万華鏡の中に入れられた色紙よろしく、『春泥集』『夏より秋へ』の歌五十首を採り出して、あれこれと攪拌するうちに、ある光線、ある傾きにはっと目を見開いたのではあるまいか。その光景は自身の内部の光景として眺め返されたのである。真に伝えるべきは、自分の夫寛へのメッセージではなかったのか。『歌の作りやう』につづく企てが念頭に泛んだはずである。

与謝野晶子には『歌の作りやう』（大4・12）、『短歌三百講』（大5・2）、『晶子歌話』（大8・10）の三冊の歌の解説書がある。『歌の作りやう』と『晶子歌話』は、自作の歌や先人の歌、「明星」の仲間の歌などを引いて歌作りの案内をしたものであるが、『短歌三百講』は『舞姫』『夢の華』『常夏』『佐保姫』の各歌集中より三百三首を選んで、それらの歌を作ったときの「気分や感情」を読者に伝えることに努めた、と自序に記している。『短歌三百講』が、前後の二冊の著書と中味の異なることは一読して明らかであるが、自序の末尾に、「私が自作の一首毎に述べたやうな表面の事件が其歌に現れて居るか何うかの詮索は無用です。唯だ其事件の奥にある私の実感を端的にお感じ下さい。」と断わりをつけてあることは、直前に出た『歌の作りやう』に「私の歌の理想は敬虔な態度で私自身の純一無雑な実感を表現することに専らでありたい」と述べているのを記憶する者には、少々念の入りすぎた印象がするのである。「短歌三百講　序」から受けた印象の由って来たるところを以下に記しておきたい。

春雨やわが落ち髪を巣に編みて育ちし雛のうぐひすの啼く

「音もなしに山続きの庭の苔を濡らして居る雨の中で啼くあの懐しい声の鶯」「あれはこの山で生れて卵から孵って今日初めて啼いた雛鶯に違ひない。自分の長い髪の抜けて落ちたのを拾って、其処で生み落して育て上げられた鶯に違ひない。これだけ自分が懐しさを覚える声なのだからさうに違ひない」。三百余首の自選歌の冒頭をこの歌で飾って、自作の気分、感情をこのように説明した。

春の夜の夢の御魂とわが魂と逢ふ家らしき野の一つ家

よき朝に君を見たりきよき宵におん手取りしと童泣すも

「今夜も又夢の魂の遊びに行く所は彼処らしいと云ふやうな気もされる」「ある日の朝に巡って来てあなたと自分を引き合わせてくれた」運命の女神、そうして二人は「同身一体の人」となった。こんなことを思い、話しているうちに子どものように大声を出して泣き出してしまったのである。

やはらかに寝る夜寝ぬ夜を雨知らず鶯まぜてそぼふる三日

相人よ愛欲せちに面痩せて美しき子によきことを云へ

「恋人が居て、暖い腕の上に夢を結んだ一昨日の夜の明方も、その前の日の夜明にも微雨が降って居た。自分の柔らかな気分と、鶯に調子を合はせたやうにおとなしく降って居る雨とがどんなに似合ったものと思はれたであらう」。「寝る夜寝ぬ夜」の三日の間、雨がそぼ降り、鶯の啼き声が間欠に聴かれる。外の情景の音を配して、屋内に漂う安堵する気配、あるいは甘く急しい気配を暗示する。「自分は人に愛されて居る。さうして人を愛して居る。愛しても愛しても足りないこの思ひをどうすればいいか」。「人相見よおまへは自分に何かを云って聞かせようと思って来たのであらうが、無用なことである」と言うのである。苦しい恋の勝利者となって幾夜、雨の音、鶯の声を切れ切れに枕に聴く「同身一体」の日々の回想、愛の折節の哀歓の歌群の中に、

うら淋しわが家の跡に家作ると青埴盛るを見たるここちに

の歌を挿入して、われわれを驚かせる。四百字、二頁に及ぶこの歌の自注は他の注に比べて異様な感がある。

自分はあの人に愛着を持って居たのではない。

あの人はさうではなかった。自分を思ってくれる恋に火のやうなものがあった。

あの人は此頃ある女性に愛着を起し初めた。

あの人の持って居たやうな極度の恋にもやはり限りのあることが解った。

手間を省いて引用した箇所をたどってみても、この男女の行き違いになった心の有様は明らかである。「自分はあの人に愛着を持って居たのではない」と冒頭に切り出す口上に、すでにある種の感情を内部に封じ込めた後のぎこちなさがあって、そうして次に相手の自分への想いとの間の裂け目を際立たせるのである。そこからさらに一転して、相手の心変りを自分に納得させようとするこころの動きが背後にのぞくのである。自分たちの愛の楼閣がこわれて、その同じ処に新しい楼閣が建てられる無念は、

あの昔の家の跡へ仰いで見なければならないやうな楼閣の建ってしまふのはもう何程の時間も要しないことであらう。自分は今形容のしがたい淋しい思ひをさせられて居る。

と、婉曲な言い回しながら、新しい恋が進行するのを目前にする辛さ、悲しさ、淋しさが訴えられている。

くらやみの底つ岩根を伝ひ行く水の音していねえぬ枕

『舞姫』からの選歌には、『みだれ髪』の世界からつながるロマン的光彩を放つ歌が多く採られたと観察されるが、『夢之華』からは、自己の内面に目を凝らす歌が多くを占めたと見られる。

「地下の暗闇にある岩を伝って落ちる水の音のやうなものが枕に当てる耳へ響いて来て自分をどうしても寝させない。自分の淋しい運命を悲む心が今夜もまたかうした音を聞かせるのかも知れぬが、とにかく自分は眠れない」。「夜の神の朝のり帰る羊とらへちさき枕のしたにかくさむ」と『みだれ髪』に歌って男との歓楽の夜よ永遠なれと願った夜々の枕があり、一人寝の春の夜の夢に「琴の音」を幻聴した一時のあったことを想えば、枕に響く「水の音」は、自身の肉体の奥底に流れる凍るようないのちの音とも聴かれて、自注以上の心の深淵をわれわれにのぞかせる。

独寝はちちと啼くなる小鼠に家鳴《やな》りどよもし夜明けぬるかな

妬《ねた》き日やわが本性の人疎《ひとうと》を知りしと如く寝てはあれども

「良人の外泊の夜に逢って一人寝た自分の心持である。物恐れが強くなって毛程の音も神経に響くのである」。自分は人と物を言ったり、人と交際することを敬遠する性格であって、転寝していても、「心の中の苦しみは甚しい。併しながら自分は恋人と自分の仲がまだ悉く呪はれたとは思って居ない」と言うのである。

語りつつ呪文のやうに指振りぬ膝《ひざま》枕く玉の御額《みぬか》の上に

空車《むなぐるま》轅《ながえ》を下す音なしに似たる淋しさ終なるべし

相見けるのちの五とせ見ざりける前の千とせを思ひ出づる日

『舞姫』よりの採歌も最後尾に来て、重く切ない心境をのぞかせる歌が連続する。「夢中になって居たが今気がついてみると、自分は言葉の足りないのを補うやうに頻りに右の指を振り回して居た」「話の聞手は自分より三つ歳下の少女であった」とあって、自分の仕草をモチーフとする一首であるが、下句に来て、その仕草が「自分の膝を枕にして眠て居る美しい恋人の額の上でして居た」仕草であることに突如思い至って、と言うのである。愛人との間の細やかな時間が仕草に封じ込められ、秘め事が肉体の各所に埋め込まれていて、それが不意に白日の中に顔をのぞかせたときの切なさにくるしむのである。「何も積んでなかった車の轅の下された時のやうな、音らしい音のしないのが自分の最後であらう」と自注を付ける。「自分が上京して恋人に迎へられた六月十日、それから今日までがまる五年である。同棲して以後のいろいろな思ひ出が今更のやうに心に湧く」と、「空車」の歌を説明する。「自序」に「歌は事件の描写では無く専ら実感の象徴」であるから、歌に現われた事柄の事実詮索は無用に願いたいと記したことが、この自注にぶつかって、逆に具体的な事件の再生をわれわれにも要求する感がある。端的に言えば、この自注に目を留めてほしい人は、唯一人であるはずである。

撥に似るもの胸に来て掻き叩き掻き乱すこそ苦しかりけれ

「十月や雪を思ひて山慄ふ日にちる原の秋草の花」を最終に置いて『常夏』九十首が終わり、『佐保姫』のエピローグに「撥に似るもの」の歌が来る。「自分の心はもとより琵琶ではない、三味線でもない。それであるのに今日は渦巻く音響を立てさせられて居る撥になって自分の心から楽音の立てと叩いたり、音律のない騒音を一時に起させたりするもの、出来て来たことは苦しいことである。かうしたことの予め思はれたために自分は恋などに近寄るまいとしたのであらうが」。

『短歌三百講』の最終歌、

言葉もて譏《そし》りありきぬ捨つるとは少し烈しく思ふことなり

の自注を見れば、この自選歌、自注集の意図するところがたちどころにはっきりする。

自分はあの人のことを譏って歩くために日も時も足りない人になって居る。自分は今内心で何と思って居るか。こんなことを思って居る。人を棄てると云ふのは平生よりも少し烈しい恋をその人にする時を云ふのである。

この自注の文句でエンドである。寛四十四歳、晶子三十八歳、二人の間に四男五女、十子目を妊娠中（大5・3五男健誕生）。新しい恋に年齢は関係することがない。そのとき、古い恋はこわれる。新しい恋と古い恋の間に猛烈な格闘が発生する。人を疎遠に思う、人に親しみを感ずる、この二つの感情の関係もまたひとすじ縄では理会できぬ。「人を棄てると云ふのは平生よりも少し烈しい恋をその人にする時を云ふ」、この哀切極まる告白を、ぼくは胸の奥に痛みを伴って納得する。

「年譜」（『愛、理性及び勇気』講談社文芸文庫）に、

大正元年（一九一二）寛を追ってシベリア鉄道経由で渡欧、パリに赴く。

二年　寛は職も決まらず煩悶する日が続き、衝突する事が多くなる。

三年　暮、寛家出。馬場孤蝶のとりなしで戻る。

四年　『太陽』に『婦人界評論』の連載を始める。初夏のころ、寛より告白と懺悔を受ける。

五年　『短歌三百講』刊行

とある。

『短歌三百講』は単なる歌の評釈ではない。晶子三十八歳の夫寛への十五年目の「恋文」である。

今少し、晶子の内部生活から目を離して、大正歌壇を席捲する「アララギ」の動向に目を移してみる。大正二年（一九一三）の一月には寛が欧州から帰国し、晶子は四男アウギュストを四月に出産するが、この年は「アララギ」の転機となった年である。七月に伊藤左千夫が死に、島木赤彦・中村憲吉合著歌集『馬鈴薯の花』がこの月に著わされ、斎藤茂吉の第一歌集『赤光』が刊行された。そうして「アララギ」は会員組織制を採り、翌三年に赤彦が信州から上京して編集と経営の実権を握り、歌壇の中心に躍り出たのである。寛・晶子の家庭生活の深

刻な様相は、前記『短歌三百講』にその反映を記すとしたが、「アララギ」の抬頭を中心とする歌壇の「短歌に於ける写生」（土屋文明）全盛に向かう傾向をその背景に持つこともまた明らかである。新詩社は第一次「明星」（明33〜41）終了後、いわば結社なき結社に推移して久しいが、それでも寛は単独者として再び文壇にその足場を求めて苦闘を続け、同伴者晶子もまた自身の歌人的足場の再確認の必要を感じていたのである。『晶子歌話』は『歌の作りやう』の「続篇として」（自序）、四年後の大正八年十月に天佑社から刊行された。「歌はその客観的法則を信頼しません」「歌の用語は現代語の中の文章語を用ひます」「私は常識派の歌に反対します」「私は幻想の実感を生の光栄とします」「私の考えて居る象徴的の歌の意義」――目次を拾い出してみるだけで前著『歌の作りやう』の継続であることは一見明らかであるが、この本には、「口語を用ひて歌を作らうとする人達」「骨董的な古語癖や、無自覚に雷同模倣する万葉語癖」「世間に流行する記述的の作風」への異和が、迢空「古語復活論」（「アララギ」大6・2）、赤彦「写生道」（「アララギ」大7・5）、霞村「短歌と現代口語」（「短歌雑誌」大8・6）などの歌壇の潮流を念頭にして書かれている。そうした上で自身の歌論的立場を「新理想主義と共に新浪漫主義の創造」に置く、として「幻想」をも含む「実感」を「象徴的」に歌うとしている。前記「年譜」の大正八年の項に、

一九一九年（大正八年）　41歳

一月、評論感想集『心頭雑草』を刊行。三月、六女藤子誕生。五男六女となる。四月、寛は慶応義塾大学教授就任。同月、「女子改造の基礎的考察」を「改造」創刊号に発表。五月、童話『行って参ります』、八月、歌集『火の鳥』、評論感想集『激動の中を行く』、十月、歌論『晶子歌話』を刊行。また自選歌集『晶子短歌全集』三巻を九年十月まで刊行する。このころより、有島武郎との間に手紙の往来が繁くなる。

とある。『晶子歌話』第二章は「新しい歌の解釈の仕方」として、自作、「良人の歌」「先輩と友人の歌から」、各「象徴的の歌」の実例をあげている。

裸にて小き抜手の真似をしぬ一歳の児も冒険のため　1
人の見て果敢なしとする草ながら命に等し手に香る時　2
群青の海のうねりの傾けば白きつがひの鷗流るる　3
美くしき嘶ばかりを耳にして脱殻に倚り灰色を嗅ぐ　4
大土を今出でし人槌《つち》を負ひ両膝立てぬ切石の上に　5
誰知らん光る刹那を持ちしとは博物館の片隅の石　6
誰よりもいと逸早く走らんとして躓《つまず》ける流れ星かな　7

いずれも「良人の歌」に引いた歌。「人生の冒険」に乗り出す我が子に注ぐ目の慈しみ（1）、「冒険と剛毅とに満ちた新しい生活に入る心持」（5）、父と子の上に注ぐ晶子の目もまた和やかに印象に残る。「鷗」に「作者の理想」を暗示し（3）、片側に内面の「倦怠な生活」の暗示を見る歌（4）に目を留めて、良人の屈折する内部を凝視する。「先覚」者の悲しみに万感の想いを寄せる心は6・7の歌を引き出したのである。

　わが歌は皐月に落つる雹ならん時を忘れて寒き音かな
　時到り君とおのれと二人のみ知る白金の淋しさに入る
　みづからの灰より更に飛び出づる不死鳥などを引かまほしけれ

『歌の作りやう』『短歌三百講』、そうして『晶子歌話』、欧州旅行から六年、晶子は四十一歳。ここにたどり着いた心境は「自作の雑多な感動の歌」に引用したこの三首の色模様と響きの内側にある。

『相聞』の内景

木によりて魚をもとむるは難からむ心によりて心もとめむ　（寛）

与謝野寛の歌集『相聞』（明43・3・25　明治書院）は、生前最後の歌集となった『与謝野寛短歌全集』（昭8・2・26　明治書院）を除けば、唯一の単独歌集（他は全て詩歌〔文〕集）である。寛自身の後記によるとこの歌集は《明治三十五年以後、最近に到るまで、凡そ八年間のわが製作より抽いて、先づこの短詩一千首を出版》したものである。前記短歌全集の巻末に付した自筆年譜の、明治三十二年の項に、《思想的に懊悩する所》があり、夏の一日、参禅した嵯峨天龍寺の橋本峨山禅師から、《お前さんは歌を詠む相ながら、心の座が無くて、よい歌が詠めるかえ》という警策を受け、慙汗《ざんかん》背を透して退去したとある。以後、《寛の宇宙人生に対する疑惑は、なほ間歇的に発作の如くしばしば寛を苦悶せしめ、後の明治四十三四年にまで及》んだ。続いて明治三十三年には、《十九世紀は終らんとす。寛は学問と芸術に於て自己の空虚なるを感じ、頗る焦躁の情あり。》としるした。この年四月の「明星」の創刊号には、《現代の歌人新体詩人に惜む所は、特に修養の欠乏にあり》《『明星』は之が欠乏を補はんがために、文壇第一流の名家に執筆を請ひて、和歌、端唄、英詩、独詩、漢詩、俳句等の評釈を掲ぐ》と、新雑誌のめざすところを記したが、ここには詩歌革新者としての明確な自覚はまだ姿を現わしていない。そうして、《われらは互に自我の詩を発揮せんとす。われらの詩は古人の詩を模倣するにあらず、われらの詩なり、否、われら一人一人の発明したる詩なり》とする「明星」清規は、第六号（明33・9）に定められたのである。

二十世紀の新声を「明星」が全身に荷なって、詩歌の改革、新人の発掘、西洋芸術の紹介といった美術・文芸運動の先駆となった所以を、主宰者のジャーナルなセンスと経営手腕の評価に集中するのは、ある意味で不当である。雑誌経営の採算の一面に限っても、一冊実費十銭のものを六銭で売り捌くのを《友人も書肆も皆僕を向ふ見ずだと云つてゐる》（「読者諸君に告ぐ」）と自身が記しているように、意気込みの先行する寛の現実対処は、最初からの特徴であった。人は、寛の大きな身振りの陰に隠している内面の動向に、無関心にすぎるのではないか。

「明星」第二号から掲げられた寛の詠草《小生の詩》に、

地におちて大学に入らず聖書よまず世ゆゑ恋ゆゑうらぶれし男　（二号）
やまと歌にさきはひ賜へ西の空ひがしの空の八百万の神　（三号）
いくたびも染めて見つれど紅は我にふさはず色あせにけり　（四号）

の歌に見るように、〈鉄幹〉時代の虎剣調そのままでありながら、《いくたびも染めて》手探りしつつ前へ出て行こうとする心の動向が感受されるのである。《自我の詩を発揮せん》とする新詩社の綱領は、寛自身の《小生の詩》の実現において初めて内実化されるものであれば、新詩社の創設と「明星」の創刊の直接的契機が、寛の《心の座》を求める動機に発していたことは、強調しても強調しすぎることはないのである。

寛が『相聞』の巻首に、

大空の塵とはいかが思ふべき熱き涙のながるるものを

の一首を配さなければならなかったのは何故であろうか。人間は《大空の塵》だなどと気安く言ってもらうまい。人間一般などと大層に言わなくても、この自分には《熱き涙》が次から次からあふれ出て、宇宙の塵などではないのである。ロマン主義者特有の自愛をテーマとする、と言ってしまうのは雑にすぎよう。路傍の石は涙を流さない。しかし人間は涙を流すのである。実存証明が《涙》によってでしかできないとすれば、内面的実存の様相をことばによって表現することは断念すべきか。いずれにもせよ、人の心の有様という、つかみどころのない、しかし、たしかに存在するものを把握し、表現する困難に寛は挑戦したのである。

木によりて魚をもとむるは難からむ心によりて心もとめむ

の一首の真相は、このように理会されることを求めているのではあるまいか。

十字の木われ先づ負ひて世人みな殺さむと云ふ市中を行く

新詩社の「清規」に、《われらの詩は国詩と称すれども、新しき国詩なり、明治の国詩なり。万葉集、古今集等の系統を脱したる国詩なり。》と規定し、旧来の国詩と《新しき国詩》とを截然するのは、古人の詩の模倣を脱した《自我の詩》であることによる。趣味の上でも諧調の上でも《自我独創の詩》を実現するところにある。《新しき国詩》の創出を《自我独創》によってゆく意欲が、日清戦争に促されたわが国の産業革命の進行と、新興勢力としての産業ブルジョアジーや国民意識の形成をその土台にしていることは明らかである。しかし寛自身の《十字の木》を背負う意思は、時代の感覚を新世紀に向けて革める分野における実現を思い定めたことであって、思想や制度、物質を含む形而下的なものの易行は、感情革命の途方もない困難の前にはあまりに明白であった。

うれしくも万葉に次ぐ新歌を師の御名により世に布けるかな

『相聞』の中に「先師の五年祭に詠める」として収められた。師落合直文の五年祭が明治四十一年十二月に執り行われた折りの心境詠十四首中の一首であるが、「明星」を畳んでしまった後の、変に落ち着いてしまった感慨が歌を平坦なものにしている。むしろ歌集中では、

われ牲《にへ》とならむさらずば人皆をわが牲として牲を絶さむ

の歌に示される激しさの方こそ、感情戦線の戦闘者にふさわしい身構え方ではないか。《われ牲とならむ》か、さもなくば《人皆をわが牲》となさむか。オール・オア・ナッシング——こうしたラジカルな身構えは、感情戦線の戦闘者が本質的に単独者であって、社会の安定を支えている大衆的人間の平穏無事な感情と鋭く対立していることによるのである。

詩歌文集『うもれ木』は明治三十五年十二月に刊行されたが、その中に「無眼禿奴《とくど》」と題し、詞書に《三月十六日午食後。凡心たまたま冥助あり、雑誌明星の草を按排するの内、ひそかに見性の座に葡匐して一則を執持し、自ら苛責すること数日、おなじく廿三日の朝に至て、劣根頓に挫折し、悲しむべし、熟果の地に委してまた枝に見がたきに似たり。》と記して、

われまどふ我師わが祖師また多弁いづここの関にわが額割らむ
盲ひし目は己が心を之ぞ分かぬ鳥に呉れても食ませはつべし
手さぐりに探りはしつれ闇なればあやにく是も石かとぞ思ふ

など十数首の心境詠に《見性の座》から《自ら苛責》し、躁狂する内面を吐露している。言うは易く実現の困難な感情表現の新声、新声による感情の解放は、寛をしばしば切崖へと追いつめたのである。

この歌はわがのにあらず鼠ども虚にほらほら啼けばまねにき

わが喉をかきも裂かまく物すべてあなづらはしや黒き日つづく

『相聞』の右の二首の歌などに、孤独な表現者の困《くる》しみが示されていよう。

われ常に踏みこそさぐめいと荒き第一の険目路ひろき方

詩歌文集『鉄幹子』(明34・3)に、《嵯峨に籠ること五十余日》の詞書をつけて、

山の井に痩せしわが頬をうつしてはあさまし人を猶うらみける

同じく、《峨山老師に参じて後》として、

おどろかす君いかづちの声しなくば心の巌よいつか眼をあかん

の二首を入れて、《心の座》を得ることの困しみを吐露している。さらに、明治三十七年五月、晶子との最初の共著となった詩歌文集『毒草』にも、

病こそ高き窓なれ観るによし世やは小さき我や大いなる

死ならずよ人は如何にぞ生くべきと恥ぢぬいのちを思ふべかりし

の病中詠をよんで、歌群に『鉄幹子』同様、《荊叢毒蕊《けいそうどくしべ》》と題している。こうした歌集中の歌の片々に目を留めても、寛の最大の課題が、《自分は何ゆえに存在するのか?》《自分の人生にはどのような意味があるのか?》という問いであったことが明らかである。

人が、生から死へ向かって通り過ぎてゆくとき、《人は如何にぞ生くべき》とはっきりした信念を持するいの

ちこそが真にいのちに値することであって、それ以外の種々の人の営みは暇つぶしにすぎない。寛七歳のとき、父の事業の失敗で寺院と家財は競売に付せられ、以後、養家の間を転々とし、住む処を転々としつつ、十歳の年には父の代理として、鹿児島の西本願寺説教場で信者に説教をするほどであったことを考えれば、《よく生きる》ことは寛の少年時代からのいちばんの命題であったことは明白である。《よく生きる》とは《よく考える》ことであって、自身の内面を眺める目の位置を、最も高く眺望する地点に据えようとする強い促しに寛はたえまなく捉えられていたのである。

十界をあまねく見むと願ふためこころ高きに匍《は》ひもとほろふ

この心境なども、《いと荒き第一の険目路ひろき方》をめざす精神の方向と同じである。

恋するはそのよく光るさし櫛をかりて心をわが照すため

『相聞』に《いで汝けものの族よ黒髪の林にあれと放たれて来ぬ》の歌を入れて、寛は自身の恋多き心の由来するところを明かしているのである。自分は《黒髪の林》の中に放たれた《けものの族》であったのだと。ところで、いつの世でも嫉妬は恋のふところ深くにしのび込み、恋に危険を伴う活力を与えるのである。歌集二首目に、

大名牟遅少那彦名《おおなむちすくなひこな》のいにしへもすぐれて好きは人嫉みけり

の歌を出して、そうしてこの歌の二十首ほど後ろに、

馬の背にわかき男とわが妻を縛りて荒き崖《きりぎし》に追ふ

くれなゐの珊瑚となりて我妹子の櫛笥《くしげ》の底に隠れたる夢

の歌を重ねて、恋と嫉妬の悩ましい関係が、『古事記』の神話から現代にいたる人間普遍の心理であることを歌

っているのである。

薄ごろも紐とき放《さ》けて待てる子に我そむかめや夜となれば行く

《薄ごろも紐とき放けて待てる子》に背いて、夜ともなれば他の女を抱きに出かけてゆく、人はそんな心の揺らぎからも離れることがむずかしい。こうした己が心の有様に目を留めれば、恋の懐に忍び入る嫉妬の感情は、恋する相手の心の底に隠れる夢への妄想というよりは、自身の心の裂け目に《隠れたる夢》であることは明らかではないか。

生きながら命うしなふ毒なるか恋を得てより我を思はず
野老葛《ところづら》はひもとほろふ恋を無みわれ野老葛はひもとほろふ

恋は、《生きながら命うしなふ》猛毒として働く危険と隣り合わせであるが、かといって、恋する人を持たぬ心の淋しさは野老葛の地に這う有様を映して虚しいのである。進み出るのも危険、退くも危険、静止しているのはもっと虚しい。それならいっそのこと身を危険に晒して心身の愉悦に委ねるのが最上の選択ではないか。しかし、寛の恋をめぐる想念は、愛する女との愉悦の向う側に、自身の内部の冥さを様々な角度から照明する光源としての《恋》の効用に賭けるところがあったのである。

在りわびぬ命死なむと目うるみてわれ見し人も老いにけるかな

飼鳥が玄関脇の暗がりで毛繕いをはじめる気配に目覚めが訪れる。マンションの中庭の小公園から子どもらの遊び交わす声が次第に引いて、夕暮れ時の音が一時的に澄んで立ち昇ってくる。時間はこのようにして次々に過去に送り込まれて、次の時間の到来をわれわれに知らせるのである。繰り返される一日の経験から〈時間〉を実感するのは、窓外に流れてゆく風景の速度によって、列車の速さを知ることに喩えておけばどうか。〈時間〉が真に経験されるのは、病気や老いや死によって時間が濃密化し、ときにそれが滞留として感じられるときである。先に『毒草』から引いた、

病こそ高き窓なれ観るによし世やは小さき我や大いなる

をここに再び引いてもよい。意識は病室の内部に閉じ込められて冴えわたり、時間は意識を含んで流れているのを実感する。『相聞』に見える数多くのいわゆる回想歌、

山と云へばいとけなき日のおもひでに桜島見ゆ高千穂も見ゆ

を例とすれば、父に連れられて遠く鹿児島の地へ移り、大隅の山川に孤独な心を向き合った日々が、《山》ということばによって自ずから目に泛んでくる懐かしい時間の経験を歌ったものであるが、過ぎ去った時間が、桜島の噴煙の匂いや火山灰を孕んだ風の流れや、高千穂にひろがる空の色とともに蘇ってくるのは、時間がどこまで行っても現在にあるものであることを示しているのである。過去の記憶の懐かしさは、時間のこのような性質を考えないでは説明がつかないではないか。

高光るやわれは光ぞ一点の陰翳も無しとほりて光る

高光る日のいきほひに思へども心は早く黄昏を知る

歌集には、観念の純化された歌もあれば、《時計屋の時計の針の指す時の皆ちがへるもうつせみの世ぞ》の歌のように平凡な歌も含まれている。自身の存在を《高光る》光に象徴する右の二首を見れば、それぞれの人間の内部に刻みつつ流れる〈時間〉の密度に粗密のあることを理会する上で、平凡な歌もまた不可欠であるように思われる。人の生涯の幸不幸は、その人の内面的経験の充実にのみ拠っていて、それは前述の〈時間〉の密度に最も明白に実感される。

大学の施療の部屋に掛かりたるわれの名ばかり清きものなし

の歌には、時間の遅速によって実感される〈時間〉の密度の現実を示すものがある。《われは光ぞ》と昂揚した

意識の状態から《大学の施療の部屋》に閉塞する人間への変貌は、病室の前に掲げられてある名札に残る面影に貼り付いているのである。自分の上に一点の《陰翳》を認めることのなかった日々の記憶の残像が、自身の名札の上に眺められる残酷は余人の想像を寄せつけないのである。〈与謝野君、我輩は生きているのが苦しくってしようがない。いっそのこと死んで人生におさらばしたいよ〉と目をうるませて語りかけていたあの人も老いが深くなったな。標題歌によって他者を眺める目はそのまま自分の上に落ちて来る。

かなしみは破れし芭蕉の葉を越えて白き硝子を打ちぬ夕暮

『相聞』全歌九百九十八首の全てに神経を集めることは至難ではある。それは人の生涯の些細な事実をたどりつつ読む困難でもある。集中に《先師の五年祭に詠める。明治四十一年十一月》《茅野蕭々、北原白秋、吉井勇諸氏と、伊勢より紀伊の熊野に遊びて詠める歌。明治三十九年十月》《平野万里、北原白秋、吉井勇、太田正雄諸氏と、肥後の阿蘇山に登りて詠める歌の中より。明治四十年八月》《山川登美子のみまかれるを悲みて詠める。明治四十二年四月》《三宅克己、石井柏亭、高村光太郎、大井蒼梧、平野万里、伊上凡骨の諸氏と共に、赤城山に遊びて詠める歌。明治三十七年八月》《伊藤博文卿を悼む歌。明治四十二年十一月》の一連の連作歌群を配置して、九百九十八首の平坦に起伏を工夫している。時代思潮は、「明星」を中心勢力としたロマン主義の息の根を止めた自然主義の全盛期に際会していて、歌集の扱う明治三十五年から四十二年の間に推移した寛の心境の上に落魄したロマン主義者の陰影を、歌集に自然主義の側面を指摘することは容易ではある。しかし、寛の心の真相は、また別にあるはずである。

死ならずよ人は如何にぞ生くべきと耻ぢぬいのちを思ふべかりし

天龍寺の禅師から、《お前さんは歌を詠む相なが、心の座が無くて、よい歌が詠めるかえ》という警策を受けて以来、明確に自己内面に直面した寛の、その後の自己凝視の一つの報告がこの歌集編輯の目的であったことは疑いを入れない。この場合、師落合直文との永別、若き芸術家との旅の思い出、想い人との悲別、宰相への追悼歌など、結社における、社会における交渉の中で、自身と結ばれる《相聞》、そうして生活のくるしみと次々に産まれてくる子どもたち、わが妻との間に営まれる日常の心境と生活詠を、さまざまな色合いによって織り上げているのである。一見するところ、こうしたいわば生活織物を主調とするかに見られるけれども、歌集の真相は、内面に裂け目と深淵を抱え込んで苦悩する魂の、《心の座》を求めあぐむ心の旅の歌集である。

この場合、現実生活に生起した諸々の事象、心境詠の、べったりと貼り付けられたように展開する尨大な歌は、いくつかの標題として示した、実存を示す観念歌の背景を支えて、高度に抽象化された標題歌の実質するところを解明する照明の役割を負っているのである。

しずけさよ内心の秘の白玉を虫蝕む音と胸を憎みぬ
生きることのくるしみ、かなしみはいずこより訪れてくるのか。

森鷗外「相聞　序」

与謝野寛君が相聞を出す。

これ丈の事実に何の紹介も説明もいる筈がない。

一体今新派の歌と称してゐるものは誰が興して誰が育てたものであるか。此問に己だと答へることの出来る人は与謝野君を除けて外にはない。

僕などは抒情詩人たる資格があるかないか甚だ覚束ない。又力を其方角に展べようと試みたこともない。明治三十七八年役の時を思ふ。大抵戦役といふものは数十日準備して一日交戦するものであるから、彼役のやうに激烈な交戦が十日も続くやうにことがあつても、其前後には必ず数十日の準備と整頓とがいる。さういふ間に将卒の心は何物を要求するか。一面には或る大きい威力を上に仰いでそれにたよりたく思ふ。人は神を要求する。他の一面には胸の中に欝積する感情をどうにかして洩したく思ふ。人は詩を要求する。

人情の免れることの出来ない要求として此二様の心持が出て来る。高等司令部から兵卒の舎営迄、何処にも詩の会がある、歌の会がある、俳諧の会がある。

所が抒情詩の体はいろいろあつても、どれ一つ素養なしに修行なしに成し得られるものはない。どこでも読むに足るもの誦するに足るものは殆ど出来なかつた。随つて後にも留まるまい。

僕もさういふ境界に長い間身を置いた。やはり素養なく修行なき身でありながら、どうにかして少し新しい感情を三十一字にして見たいと思つて、二三の試みをした。歌日記にそれが残つてゐる。

それから戦役が果てて還つたので、少し近年の新派の歌といふものを読んで見た。そしてかういふ事を発見した。それは新しい積りでした試みが、悉く既往に於いて、与謝野君のした試みであつて、僕は知らずに其轍を踏んだのだといふ事である。

原来僕は在来の歌を棄てるものでもなく、其未来を悲観するものでもないのに、それから後は新派の歌を作る人達に接近した。新詩社の会にも蒞んだ。それと同時に漸進改革派ともいふべき佐々木信綱君一派の歌や、亡くなつた正岡子規君の余風を汲んでゐる伊藤左千夫君一派の歌をも味はつて見た。そして僕は思つた。此等の流派は皆甚だしく懸隔してゐるやうではあるが、これが皆いつか在来の歌と一しよになつて、渾然たる新抒情詩の一体を成す時代があるだらうと思つた。

僕は今でもさう信じてゐる。

其間に周囲は絶間なく変遷して行く。新派は最新派を生み、最新派は最々新派を生む。与謝野君の歌さへ人に古いと云はれるやうになつた。

人の歌の生涯も、進むときがある。低回してゐるときがある。退くときがある。併し其人が凡庸でない限は、低回しても退いても、丁度鷙鳥が翼を斂めて、更に高く遠く蜚ぶ支度をするやうなもので、又大いに進むのである。

そして相聞が出る。

僕の言ひたい事は殆どここに尽きた。只少し書き添へたいのは与謝野君の人物に就いてである。与謝野君は散文をも書かれる。議論をもせられる。そしてそれが極めて忌憚なき文章である。世を驚かし俗を駭かさずには已まない。それで与謝野君は恐ろしい人になつてゐる。

哲学者ニイチェは矯激の説を唱へた。然るにその人は身綺麗で、衣服に気を着けてゐる、極めて優しい紳士であつた。そこで人に女子の崇拝者の多いのを嘲られた。要するに、抱負が大きいので、人には下らなかつたが、心立のおとなしい人であつたらしい。

僕は与謝野君を知ることがまだ浅い。併し与謝野君の議論を読んで、其人物を誤解する人がありはすまいかと思ふので、一言書き添へるのである。

（明治四十三年三月六日　於観潮楼）

寛『相聞』

大空の塵とはいかが思ふべき熱き涙のながるるものを
大名牟遅少那彦名のいにしへもすぐれて好きは人嫉みけり
二荒山山火事あとの立枯の白木の林うぐひすの啼く
ころべころべころべとぞ鳴る天草の古りたる海の傷ましきかな
三十を二つ越せども何ごとも手にはつかずてもの思ひする
山と云へばいとけなき日のおもひでに桜島見ゆ高千穂も見ゆ
春の月ほのに黄ばめる長縁を行道びとに似て歌ふかな
常世物はなたちばなを嗅ぐ如し少時絶えたる恋かへりきぬ
君おもひえ堪へぬ秋にこほろぎも細き音に出づ石のひまより
いにしへも斯かりき心いたむとき大白鳥となりて空行く
しらしらと老のしら髪ぞ流れたる落葉の中のたそがれの川
恋するはそのよく光るさし櫛をかりて心をわが照すため
作者なるMAUPASSANTの発狂に思ひいたりて手の本を閉づ

この頃はさかづきとりぬこの底にわが初恋の残るならねど
馬の背にわかき男とわが妻を縛りて荒き崖に追ふ
くれなゐの珊瑚となりて我妹子の櫛笥の底に隠れたる夢
冬の日の窓の明りに亡き母が足袋をつくろふ横姿見ゆ

「先師の五年祭に詠める。明治四十一年十二月」

萩の家のわが師の君は過ちをとがめ給はずおほどかなりき
世のこころわれを離るもわれひとり師に背かぬを慰めとする
初めよりわが萩の家の奴にてわれこそありし後も仕へむ
雪の夜に蒲団も無くて我が寝るを荒き板戸ゆ師の見ましけむ
うれしくも万葉に次ぐ新歌を師の御名により世に布けるかな
萩の家を蔑せし人の額骨ひしぎ踏ままく世に生く我は
かにかくに我がよきことを数へたる御文出できぬ師の文箧より
世ひと皆われを殺すを救ふ人萩の家の大人ひとりいましき
かの竟に年越す銭を与へよと師はいまはにものたまひしかな
両臂を畳につきて口ずさむ姿ばかりを師にぞ学べる

『みだれ髪』抒情の源流

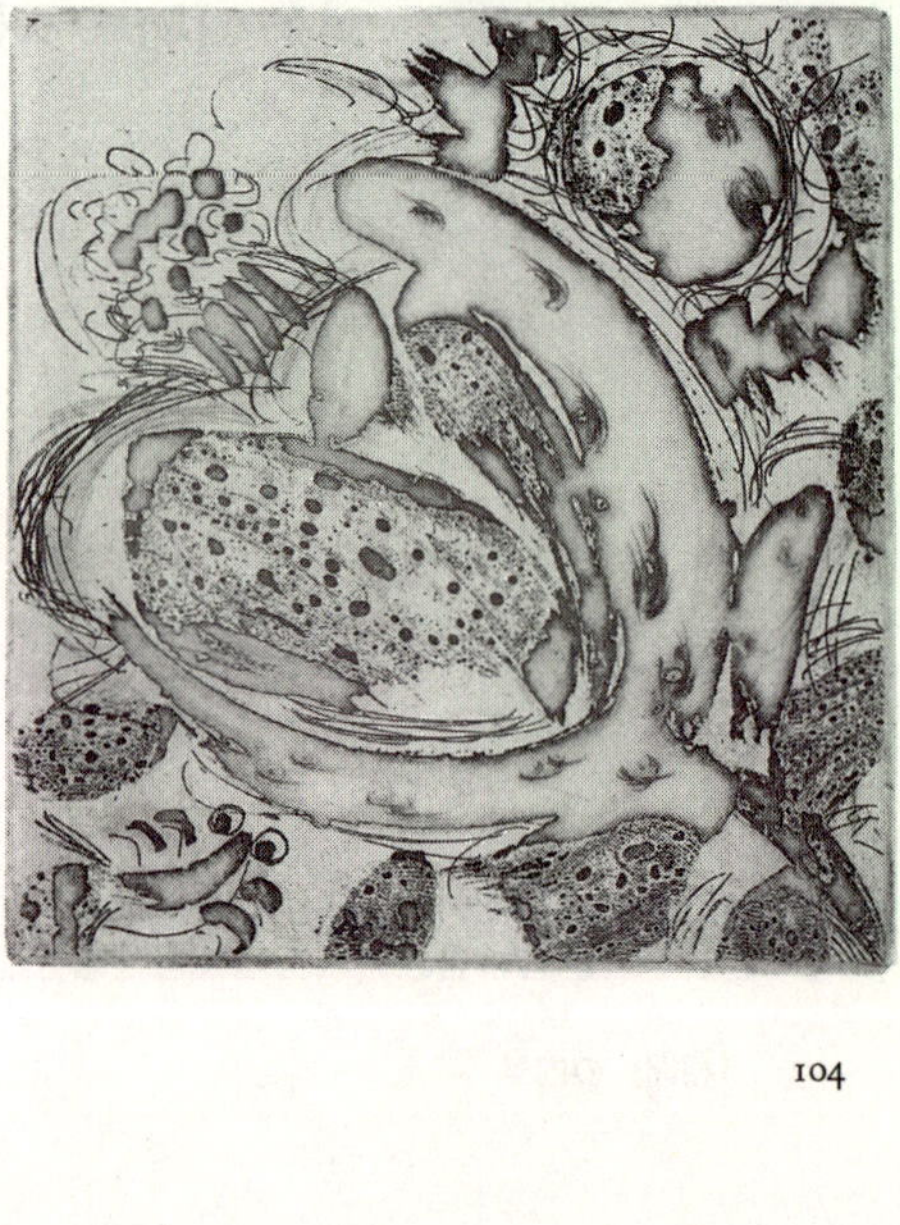

師走の一日、人を誘い出して、若山牧水終焉の地沼津を訪ねた。天候に恵まれ、駿河湾の大きな湾曲する浜と千本松原の林の遠景に霊峰富士が望まれ、堪能するひとときひとときであった。

むきむきに枝の伸びつつ先垂りてならび聳ゆる老松が群
風の音こもりて深き松原の老木の松は此処に群れ生ふ
千よろずの松そびえたちいづれみなひたに真直ぐにひたに真青き

（牧水『くろ土』大10）

「牧水が通っていく先々で自然がスーと彼の中を通っているんですね」――詩人大岡信のある座談会のことばを想い出しながら、その昔、増誉上人によって、一本一本お経をあげられながら植えられた千本松原を散策するぼくらの傍らに、〈牧水〉が透明の空気の中をスーと通る気配がたしかに感ぜられた。夕刻、沼津行から帰ってきて、与謝野鉄幹の詩歌集『東西南北』を読んだ。牧水の透明な抒情とは異質に、一首一首に立ちどまり、鉄幹その人の激しい息吹に圧倒された。

野に生ふる、草にも物を、言はせばや。涙もあらむ、歌もあるらむ。
花ひとつ、緑の葉より、萌え出でぬ。恋しりそむる、人に見せばや。

誰の糟粕を嘗むるものにあらず、言はば、小生の詩は、即ち小生の詩に御座候ふ

詩歌集『東西南北』の開巻二首と、自序であるが、《野に生ふる、草にも物を、言はせばや》と意気込む気迫にまず気圧されて、〈自然〉が体の中をスーと通るどころではない。この気力は第二詩歌集『天地玄黄』(明30・1)にそのまま流れ込んで、

水のんで、歌に枯れたる、我が骨を、拾ひて叩く、人の子もがな。

と、しょっぱなから挑戦的である。第三詩歌集『鉄幹子』(明34・3)自序に、
われの詩集はわれの写真帖なり、みづから見て打笑まるる所なり、棄てがたき所なり、なつかしき所なり。
と記して、『東西南北』からほぼ直線に進んできた〈虎の鉄幹〉の〈虎剣調〉の硬い一本調子に内面の変化の兆しが暗示される。ここで、伝記的年譜を引く愚をあえてすれば、鳳晶子との新しい恋愛が進行し、「明星」掲載

の一条成実の裸体画二葉への発禁処分事件と抗議行動がこの間のビッグニュースとしてある。日清戦争前後の鉄幹の現実へのかかわりのドラマチックな中味が詩のモチーフに反映するにとどまらず、この詩人の抒情に深く影を落とすこと、詩「春のなやみ」などに挙げられる。

これ化菩薩《けぼさつ》か、むらさきに
春の日薫《くん》じて雲となびき
藤花七尺人を恋ひて
ただちに穢界《ゑかい》の土に降る

骨ある人の歌に狂し
くちをし末世の娑婆を救はぬ

飛ばんか胡蝶いざや飛べ
せはしと云ふな四つの羽は
能く天地を負ふに堪へて
すなはち無何有の国に遊ぶ

《末世の娑婆》と観られるこの国に、《骨ある人の歌》によって狭い天地に堪えて飛ぶ《胡蝶》を重ねる詩人は胡蝶の夢を夢見るのである。しかしその願いはついに叶わず、《鞭をにぎる勇者の人の子今は眠れり》と詩的世界はむすばれる。ここにみる浪漫的心情の陰影と屈折を基調とする『鉄幹子』は『紫』につながって新しい展開を示すのである。

詩歌集『紫』は、『みだれ髪』に先立つ明治三十四年四月に刊行された。巻頭三首に鉄幹の真情があらわに示される。

われ男の子意気の子名の子つるぎの子詩の子恋の子あゝもだえの子
をのこわれ百世《ももよ》の後に消えなば消えむ罵る子らよこころみじかき
夢は恋におもひは国に身は塵にさても二十《はた》とせさびしさを云はず

冒頭歌にしてすでに功名と文学、意気と情のいずれをもことばの上に弄ぶその軽やかな、躍り上がるような息遣いがあらわに示される。結句《あゝもだえの子》に、武勇を重んじる熱血と詩歌に恋に身を焼く情とに裂かれた自身の複雑な心境を読む先学の見方も承知するが、小躍りする気配が、三首いずれの歌にも強く印象される。歌のことばが、すでに根差すべき対象、土台を喪っていて、ことばをころがす詩人の快感だけが感じられはしまいか。あるいは、初発のことばが、次々と次なることばを呼び込んで、そうして鎖状につながったことばの相そのものにある美的快感が感受されよう。歌集中に、《やまと歌にさきはひ賜へ西の空ひがしの空の八百万の神》と歌って、旧派和歌を攻撃した「亡国の音」の鉄幹の勝利宣言の歌を発見するが、ここに示された自信は、結局のところ人間を制度や習俗に束縛する〈ことば〉の呪力から自らを解き放ち、〈ことば〉を自在にコントロールし、あるいは〈ことば〉自体を遊び台の上に載せて眺め、さまざまに並べる術を手に入れた自信を意味するのである。正岡子規が『東西南北』に寄せて、

鉄幹、歌を作らず。しかも、鉄幹が口を衝いて発するもの、皆歌を成す。其短歌若干首、之を敲けば、声、

釣鐘の如し。

と記した炯眼《けいがん》をここで想起しておいてよいのである。『東西南北』以後の歌が総じてごつごつしたことばの印象を示していたのに対して『紫』の滑らかなしらべは印象的である。このような抒情の流れのうちに、この詩人の変貌が現われるのである。

花は黄に草はみどりにふと見れば我はましろきつばさのなかに

この歌は鉄幹自身が自注しているように「羽化登仙」の境地であり、百花爛漫の花園に白い翼の天使とともにある自身を幻視するのである。自己を〈まぼろし〉と実感する感覚は、同時に歌集中の詩にも示されるのである。

山の湯の気薫じて
　欄《おばしま》に椿おつる頻り
帳あげよ
　いづこぞ鶯のこゑ

右の十二連よりなる詩「春思」は紫の木の実の酒をくみ交わす相愛の心情をうたうのである。全篇に瑠璃色の靄が流動し、神秘の帳の中に相愛する者二人だけがこの地上ならぬ地上に抱擁する。

ふと見ればあな
真白き翅《つばさ》君生《お》ひたり
と思ふにわれも何時《いつ》か
風に御《ぎよ》して飛ぶ身

この詩の次に詩「行く春」が置かれる。

東里《とうり》は柳

西里《せいり》は桃
菜の花に麦つづき
麦にまた菜の花つづく
行く人も
立つ牛も
ともに靄みて
野はしづかに雲雀《ひばり》啼く

悠久の自然の息吹の裡に、人も牛も、雲雀も天地の間に生きてあるものの相が眺められ、やがて東里から「白き提灯」を持つ人びとと「僧達の袈裟くれなゐ」の列が動き、西里から新郎の許へむかう「少女の笑み」こぼれる美しい輿が出るのである。この天地の間に生滅するいのちの相は万物流転する、世界の一瞬間のドラマにすぎぬ。《鐘やみぬ　人散じぬ　堂に花みだれて　長き日暮れぬ》《縁なき人の死に泣いて　はては我をも嘆《たん》じたり》とむすばれる。

詩歌集『紫』は冒頭「清狂」の巻を置き、巻末に「わづらひ」を置いて、これと相対する構成を示している。

わが歌は芙蓉のしろき梅の清き恋はすみれの紫をこそ
わが手とるは黒き被衣《かつぎ》の死の御神たのみし星もちいさくなりぬ

右の二首は「わづらひ」三十八首の冒頭に配している。この二首によって、清浄無垢の抒情の世界に芸術の花を開花させたいとする祈りの傍らに、死の手からのがれられない予感のこころを表わしているのである。『東西南北』にはじまった鉄幹のいのちの発声は『紫』にいたって、最初の頂上を記すことになったのではないかと思われる。『紫』をひとつのいのちの水源として、晶子の『みだれ髪』の世界がひらけたことについて、以下にその輪郭を素描しておきたいと思う。

あな寒むとただざりげなく云ひさして我を見ざりし乱れ髪の君　（鉄幹）

『紫』の中のこの歌は明治三十三年十一月の京都永観堂の紅葉見物の折りの歌とされる。《あな寒む》と独りごちた女のさりげない声にひかれた男が、目を合わそうとしない女の心中をさぐって漂い出した自身の心をよむ歌と解される。『みだれ髪』を「恋愛の自由を謳歌」すると共に「支配道徳を否定」した歌集とする周知の指摘があるが、右の歌に見る鉄幹の目に映じた《乱れ髪の君》の目の行方は『みだれ髪』の別の一面を暗示しているように思われる。

その子二十《はたち》櫛にながるる黒髪のおごりの春のうつくしきかな
臙脂色《えんじいろ》は誰にかたらむ血のゆらぎ春のおもひのさかりの命《いのち》
みだれごこちまどひごこちぞ頻なる百合ふむ神に乳《ち》おほひあへず　（晶子）

黒髪の艶やかなたっぷりとした重さは青春の只中を生きるよろこびと誇りのシンボルであるが、《その子二十》と硬い口調そのままにズバリとうたい出す身構えに、この歌人のさかりの命を瞬間的に生きぬこうとする緊張が内心のふるえのままに伝えられる。

ゆく水のざれ言きかす神の笑まい御歯《みは》あざやかに花の夜あけぬ　（晶子）

「はたち妻」の百花咲き匂う春の朝のよろこびが自ら湧き流れ出すというこの歌の傍らに、「春思」の章の一首《ふとそれより花に色なき春となりぬ疑ひの神まどはしの神》を引けば、《神の笑まい》の花の夜明けに《花に色なき春》を幻視する二重の風景を眺める目が示されることになる。「情熱の歌人晶子」と常套句となった観あるこの歌人の〈情熱〉の芯にある、ある種の〈寒さ〉を観ないわけにはいかないと思う。歌集第一首、

夜の帳《ちやう》にささめき盡きし星の今を下界《げかい》の人の鬢のほつれよ

は、「天界」の歓楽に身をおいた「星」の子である自分は、《今》は《下界》に人となって恋の悩みに煩うとの歌意であるが、この一首にはじまる冒頭章「臙脂紫」は、「蓮の花船」「白百合」「はたち妻」「舞姫」の各章に歌われた青春と恋愛と結婚生活をモチーフとする〈愛の体験〉を挾んで、最終章「春思」と向き合う形で構成されている。

うしや我れさむるさだめの夢を永久《とは》にさめなと祈る人の子におちぬ　（晶子）

右の「春思」の章の一首を冒頭歌の傍らに眺めれば、「天界」のささめきをかすかな記憶にとどめる《人の子》の今あるすがたが、宇宙のミステリーを遠い背景に持つと想像されないか。

そうして前掲の歌の《あな寒む》とぽつりと独りごちた女の目を放ちやったゆくえが、ここに来て暗示されるのである。この歌人の青春讃歌の美しさと言いならわされる評価とは別に、この歌人が自身を〈天界〉の人と実感する、その実感によって眺められる自身のいのちの輝き、いのちの輝きの中に指弾され浄化される現実、ここにこそ『みだれ髪』の不朽を見るべきではないか。

人ふたりましろきつばさ生ふと見し百合の園生の夢なつかしき
わが恋を人に問はれてこころにもあらぬかなたの星仰ぎ見し　（鉄幹『紫』）

『みだれ髪』の刊行に先立つ四ケ月前の明治三十四年四月に『紫』が現われたこと。同年三月から八月にいたる間に『みだれ髪』全歌の約半分が詠出され、歌集に収められたこと。このような事実と共に、鉄幹の《乱れ髪の君》への予感と『紫』の文学的達成が『みだれ髪』を産み出すに力あったことについて素描を試みたのである。

鉄幹『紫』

清狂

われ男の子意気の子名の子つるぎの子詩の子恋の子あゝもだえの子
をのこわれ百世の後に消えば消えむ罵る子らよこころみじかき
夢は恋におもひは国に身は塵にさてもニ十とせさびしさを云はず
情すぎて恋みなもろく才あまりて歌みな奇なり我をあはれめ
親はありきむかし一人の親はありき百合の園生にふとはぐれたり
よき音その鶯籠のせばきにもいきどほろしき我世となりぬ
そや理想こや運命の別れ路に白きすみれをあはれと泣く身
酒をあげて地に問ふ誰か悲歌の友ぞニ十万年この酒冷えぬ
新しき冠たまはり人を載せて西七百里蘇州へわたる
詩に痩せて恋なきすくせさても似たり年はわれより四つしたの友（泣菫君と話す）
おばしまに柳しづれて雨ほそし酔ひたる人と京の山見る
手をたまへ梨の花ちる川づたひ夕の虹にまぎれていなむ

われにそひて紅梅さける京の山にあしたおりたつ神うつくしき
みだれ髪にかざしは青き松の若葉しろき裳裾は水にひたりぬ
竹に染めし人の絵の具はうすかりき嵯峨の入日はさて寒かりき
野のゆふべ花つむわれに歌強ひてただ「紫」と御名つげましぬ
白き羽の鶴のひとむら先づ過ぎぬ梅に夜ゆく神のおはすよ
世に立たん栄よ力よ君によりて今日わが得たるうつくしき鞭
扶けのせて柳かざしてうつくしき手綱の御手にそと口ふれぬ
恋といふも未だつくさず人と我とあたらしくしぬ日の本の歌
母にそひてはじめて菫わが摘みし築土ふりたり岡崎の里
うしろよりきぬきせまつる春の宵そぞろや髪の乱れて落ちぬ
見かはしてふたり伏目の人わかし梅にゆづれる車と車
友ひとり兄と仰ぐに君ひとり恋とたのむに我は幸の子
花は黄に草はみどりにふと見れば我はましろきつばさのなかに
あらぬ名を我やおふせし君や着し云ひとく道も昨日になりぬ
わがおもひ鸚鵡に秘めてうぐひすにそぞろささやく連翹の雨

#『紫』

敗荷

夕不忍《しのばず》の池ゆく
涙おちざらむや
蓮折れて月うすき
長酡亭《ちやうだてい》酒寒し
似ず住の江のあづまや
夢とこしへ甘きに

とこしへと云ふか
わづかひと秋
花もろかりし
人もろかりし

おばしまに倚りて
君伏目がちに
嗚呼何とか云ひし
蓮に書ける歌

晶子『みだれ髪』

臙脂紫

夜の帳にささめき尽きし星の今を下界の人の鬢のほつれよ
歌にきけな誰れ野の花に紅き否むおもむきあるかな春罪もつ子
髪五尺ときなば水にやはらかき少女ごころは秘めて放たじ
血ぞもゆるかさむひと夜の夢のやど春を行く人神おとしめな
椿それも梅もさなりき白かりきわが罪問はぬ色桃に見る
その子二十櫛にながるる黒髪のおごりの春のうつくしきかな
紫にもみうらにほふみだれ篋をかくしわづらふ宵の春の神
臙脂《ゑんじ》色は誰にかたらむ血のゆらぎ春のおもひのさかりの命
海棠にえうなくときし紅すてて夕雨みやる瞳よたゆき
今はゆかむさらばと云ひし夜の神の御裾さはりてわが髪ぬれぬ
細きわがうなじにあまる御手のべてささへたまへな帰る夜の神
清水へ祇園をよぎる桜月夜こよひ逢ふ人みなうつくしき

経はにがし春のゆふべを奥の院の二十五菩薩歌うけたまへ

夜の神の朝のり帰る羊とらへちさき枕のしたにかくさむ

みぎはくる牛かひ男歌あれな秋のみづうみあまりさびしき

やは肌のあつき血汐にふれも見でさびしからずや道を説く君

許したまへあらずばこその今のわが身うすむらさきの酒うつくしき

人かへさず暮れむの春の宵ごこち小琴にもたす乱れ乱れ髪

たまくらに鬢のひとすぢきれし音を小琴と聞きし春の夜の夢

春雨にぬれて君こし草の門よおもはれ顔の海棠の夕

小草いひぬ『酔へる涙の色にさかむそれまで斯くて覚めざれな少女』

春よ老いな藤によりたる夜の舞殿ゐならぶ子らよ束の間老いな

ゆあみする泉の底の小百合花二十の夏をうつくしと見ぬ

みだれごこちまどひごこちぞ頻なる百合ふむ神に乳おほひあへず

くれなゐの薔薇のかさねの唇に霊の香のなき歌のせますな

旅のやど水に端居の僧の君をいみじと泣きぬ夏の夜の月

額ごしに暁の月みる加茂川の浅水色のみだれ藻染よ

『東西南北』の可能性

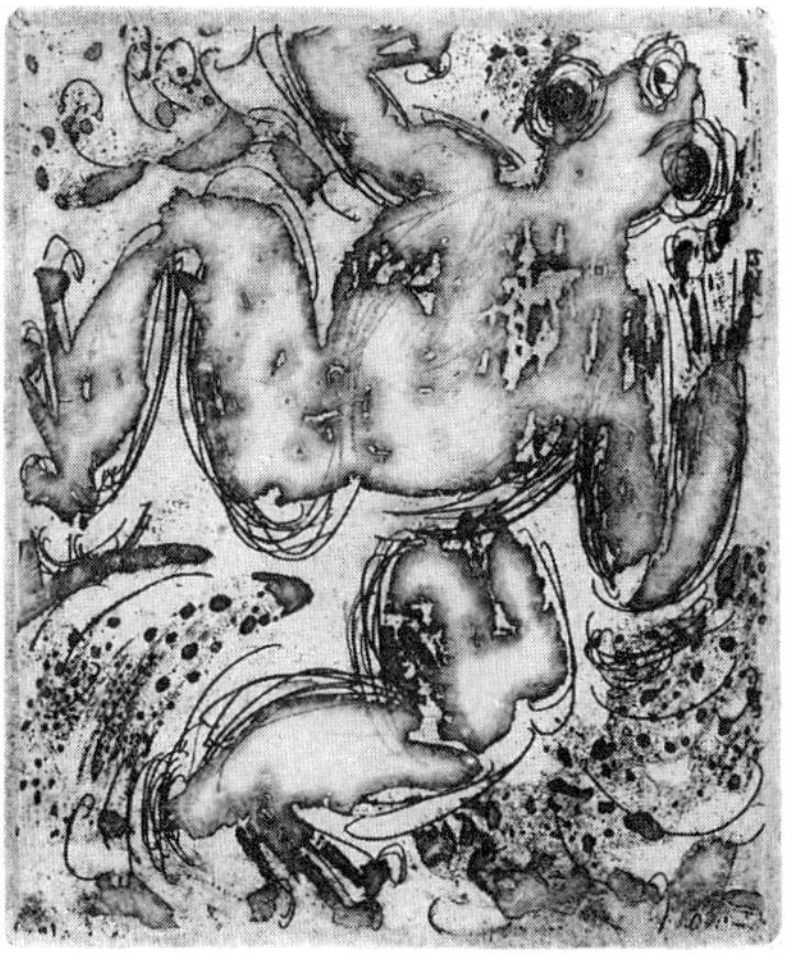

　相手が大きすぎるのか、それともぼくが並外れて小さいからなのか、どちらも本当のところだと思うが、鉄幹の『東西南北』を前にして、ここしばらく考え込む日が続いている。ぼくにとってはっきりしていることは唯一つ、『東西南北』は読むたびに面白いということである。
　現象的に観察すれば、〈与謝野鉄幹〉という人は超多忙な男である。国内と言わず、海外（韓国）へまで足をのばして走り回っている。この最初の詩歌集『東西南北』を明治書院から刊行した明治二十九年七月は弱冠二十四歳の青年であった。十五年後、といえば三十九歳で、この歳でパリに遊んだ一年間のびっくりするほどの活動ぶりを見れば、鉄幹は生来の全力疾走ランナーである。だからなかなか本人をつかまえることはむつかしい。それから鉄幹の文学的な発声がいろいろな形をとっていて、これまた変化に富む故にその魅力を語ることも簡単ではない。仕方がないので、とりあえずはぼくの貧しい双眼鏡に入ってきたものを順不同にことばにしてみることにする。

北村透谷が見える

　詩友北村透谷を悼む。
世をばなど、いとひはてけむ。詩の上に、おなじこゝろの、友もありしを。

『東西南北』巻頭近くに透谷追悼歌が入れられてある。明治二十七年五月十六日、透谷は芝公園内で「ブランコ往生」（「都新聞」明27・5・17）をして、二十七年の短い生涯を閉じた。鉄幹は明治二十五年十二月に「鳳雛」という一号限りで終えた文芸雑誌を創刊し、これに北村透谷の評論「風流」を掲げている。

何をか風流と云ふ、吾之を疑ふ。錦の衣着て、栗毛の胸に跨りたるが風流か、破れたる襤褸纏うて、街頭に立つが風流か、琴の手面白く、筆取りて歌など書くが風流か、胸に楽詞なく、思を語る事も知らぬ田夫野郎が風流か、句を読みては宗匠の名を捲かしめ、劇を観ては幾多駆出しの評者を驚かすなどの技価ある者果して風流子か、牢獄の中に熟睡する盗人風流か、愚なる者か、智なる者か、眼ある者か、無き者か、酒飲む者か、飲まぬ者か、天地果して風流と云ふ者有りや無しや、吾之を山中の老僧に問ふ、老僧笑うて答へず、適《たま〳〵》歩下に輾転《てん〳〵》する一蚯蚓《みみず》あり、指点して云く、風流之哉。

「蚯蚓」の風流とは何か。「琴の手面白く、筆取りて歌など書く」がごとき風流、「錦の衣着て、栗毛の胸に跨りたる」がごとき風流、いわゆる花鳥風月を風流とする伝統的風流とは絶対的無縁の風流である。勝本清一郎の洞察するように、「風流ごとには到底行かぬ人生の実相を見詰めながら、しかもなお、別なものに指して新たに風流と言ってのけようとしている」ところに透谷の風流論がある。既成の風流への襲撃は鉄幹の我意を得たりとするところで、周知の「亡国の音」（「二六新報」明25・5・10〜同18）に「小詞人香川景樹を崇拝して『歌聖』の冠を捧ぐる」御歌所派の領袖高崎正風を槍玉にあげている。

島づたひ舟こぎくればわが宿の庭にと思ふ松ばかりして

松島にて詠めるこの歌は、「縁日の植木屋をヒヤカシたらむ目」にて詠んだ品格の鄙しい駄作であって、松島の霊境壮観も形無しと切って捨てる。「現代の非丈夫的和歌を罵る」と副題されたこの一文の文学的立場は、「大丈夫の一呼一吸は直ちに宇宙を呑吐し来る、既にこの大度量ありて宇宙を歌ふ宇宙即ち我歌也」と明示されてある。透谷は先の「風流」の後に「人生に相渉るとは何の謂ぞ」（「文学界」明26・2）を発表する。

造化主は吾人に許すに意志の自由を以す。現象世界に於て煩悶苦戦する間に、吾人は造化主の吾人に与へたる大活機を利用して、猛虎の牙を弱め、倒崖の根を堅うすることを得るなり。現象以外に超立して、最後の理想に到着するの道、吾人の前に開けてあり。

「現象以外に超立」して、「猛虎の牙」を撃つとする透谷の意力は「亡国の音」の基本主張に継承されたと考えられる。

蝶撲てば、袂に花ぞ、こぼれける。もろきは誰の、こころなるらむ。

蝶一つ、きて菜の花に、とまりけり。誰がうたたねの、夢路なるらむ。（鉄幹）

前は「花」、後は「蝶」と題する歌。透谷の詩に「蝶」をモチーフとするものは、「孤飛蝶」「蝶のゆくへ」「眠れる蝶」「隻蝶のわかれ」の四篇があり、いずれも秋の野面に、秋の花、草の露の〈運命〉もろともに消えゆく蝶である。〈世をばなど、いとひはてけむ〉と歌いやったそのままが〈蝶〉に仮装した透谷の映し身であること明らかだ。鉄幹の〈蝶〉は「もろきは誰の、こころなるらむ。」と歌われて、鉄幹と〈蝶〉との間にほどよい距離が測られてある。後者の〈蝶〉の、「誰がうたたねの、夢路なるらむ。」は、透谷の、「前もなければ後もまた、／「運命」の外には「我」もなし、／ひら〳〵と舞ひ行くは、／夢とまことの中間なり。」（「蝶のゆくへ」）につながるのであるが、透谷の厭世的な心の闇とは対照的ではある。

友のなさけをたづぬれば

二七年六月、日韓の事、益々逼りぬ。余、同人四五輩と謀り、将に京城に赴かむとし、旅装ほぼ調ふ。たまたま、海外旅行券を、官衛に請ふに及んで、余の兵籍、なほ予備に在り。遠く遊ぶを、許されず。しかも、予備兵の召集せられむは、何れの日にあるかを、知らざる也。
千里《ちさと》ゆく、こころばかりは、はやれども、ほだしはなれぬ、駒の身にして。

明治二十六年、鉄幹は二十歳になり、この年徴兵検査で砲兵乙種に合格し、抽選に洩れて予備役に編入された。十月、「二六新報」が創刊され、同記者に採られる。翌二十七年七月には京城で日韓両軍の兵士の衝突があり、八月、日清戦争がはじまった。

『東西南北』の目立った面白さの一つに、先に引いたような詞書きの面白さがある。「朝廷に、十月八日の変ありて」「退韓を命ぜらる。余もまた、誤って累せられむとし、幸に僅にまぬかる」云々、の詞に付けて、

からからと、笑ふも世には、憚りぬ。泣きなばいかに、人の咎めむ。

の一首が歌われる。詞書によって、歌の動機や背景が明らかにされ、その力に拠って歌は確実に力を得ているのである。明治二十七年末に韓国に渡った槐園(直文の実弟)は、京城に「乙未義塾」を創立し、ここに鉄幹を招き、以来、鉄幹と韓国とのむすびつきが本格化する機縁を作ることになる。この間の事情も、詞書に、「本校の外、分校を城内の五箇所に設け、生徒の総数、七百に上る。高麗民族に日本文典を授け、兼ねて、日本唱歌を歌はしめたるが如きは、特に槐園と余とを以て嚆矢とする也。」と記し、われわれはこれを以て、詞書に添えられた、

から山に、桜を植ゑて、から人に、やまと男子の、歌うたはせむ。

の歌の生き生きとした感受が可能になるのである。さらに言えば、詞書と歌とを一体として読むことによって、どのように詳細をきわめた伝記的年譜、評伝にも及ばぬこの詩人の「乙未義塾」における教育の日々と息遣いの弾みが、われわれに伝えられるのである。

戦場へ行きたし

「擬従軍作二首」と詞書をして、

野をゆけば、朝露きよし。すたれたる、あだのとりでに、月なほ残る。
日は暮れて、時雨は雪に、なりにけり。とりでは遠し。駒はなづめぬ。

明治二十七年八月一日、日清戦争勃発。十月、国民新聞社より国木田独歩が従軍記者として戦場へ赴き、同新

聞社に「愛弟通信」(全三十二回)を送稿し続け、その文名は一躍有名となった。鉄幹は抽選に外れて予備役に編入され、待機を余儀なくされたが、こころは戦場へと飛んだ。激戦の砦に月光の澄み、砦遠くに目ざす人馬に雪、行軍に行き悩む日暮れ、愛馬に跨る自身の勇姿を幻視する鉄幹。「長兄和田大円、密宗に僧たり。その従軍布教師として遼東に行くを送」った日のこと、開戦直後の「九月三十日、落合直文先生の、後備兵召集に応じて、出発し給ふを、送りまゐらせ」た日のこと、佐佐木信綱から《から山に、駒をひかへて、歌ひけむ、君が歌こそ、きかまほしけれ》と歌を贈られたことなどが、次々に鉄幹の胸に泛んでくる。宣戦令の布告直後の鉄幹の感慨「雄たけび」(「二六新報」明27・8・4)を永岡健右『与謝野鉄幹伝』の労作から引用する。

宣戦令の出たる日つつしみて詠める

死も生もさもあればあれ大君の御言《みこと》の儘に行くべかりけり
からのやつこ憎さも憎し一度は我此太刀をまぬかるべしや
いにしへに何かゆづらむ耳塚を再びつくもほどちかくして

右三首はいずれも『東西南北』には収められないが、戦場に在る自分を幻視するエネルギーの高さを理解する上で無駄な紹介ではない。病を得て「大磯に到りつきたる夜」に「思へば、戦争ほど、うれしきものはなし。」と詞書をして、

身の為に、身はいたはらず、我もまた、召さばたふとき、君の御楯ぞ。

と、無聊を慰めかねているのである。

鉄幹の戦争好きが面白くて『東西南北』を読んでいるのではない。同調するにも、非難するにも、〈思想〉の断罪にぼくの関心はない。――韓国から「亡命の韓客趙義淵君」が東京に入ってきた。「共に手を把て、無事を祝し、未だ一言の半島談に及ぶなくして」この遠来の客は鉄幹に、「馬は無事なりや」と問うた。馬というのは「趙君の愛馬にして、二月十一日の変後、余等同友の保管するところ」の馬のことである。このやりとりの後、

亡命の友人との間に歌の応答がある。

千里《ちさと》ゆく、君がこゝろに、いかなれば、足とき駒の、そはずやありけむ。

即席の一首を意訳して、客に示したところ、客は慨嘆して、「当日の事、また説くに忍びず」と言ったという。

この後は、いかに身を処し給ふかなど、人の問ふに。

さればとて、山に入るべき、身にもあらず。しばしは歌に、また隠ればや。

雑感十首の一

歌よめば、甲斐ある御代の、本意《ほい》なれや。やがても人の、そしるなりけり。

政治亡命者「趙義淵」なる人の素性も、鉄幹との韓国における具体的な接触も全く不明であるが、この亡命者と鉄幹らとの間に交わされたやりとりは、国家の運命、歴史の動向を自身の生き方として、一点の疑いも抱くことのなかった人間の相を、現代に見る興味にぼくを誘い込むのである。

「さて、これから君はどう行動するつもりなのか?」

「さあて。山奥に隠れてしまうわけにも行くまいよ。手も足も出せないから、しばしは歌でも作って時を待とうか。」

「歌に隠れてしのぐって? この激動の時代に、真面目なのか。やがて人のそしりを受けようぞ!」

こうしたやりとりを、夢見る国権主義者と挫折した亡命者のたわ言と、ボロクズでも眺めるように眺めることのできる人は幸福だ。こんなところに〈文学〉なんぞ存在するものか、と断言する人とぼくは縁がない。自意識に、国家や社会の影射さぬ人間、国家と対峙した人間を〈近代的人間〉と定義するなら、鉄幹や、鉄幹らの生きた同時代の多数は〈前近代的人間〉とでも言う他ないではないか。

三国干渉の事などきゝて、鉄幹のもとに。

京城にて　槐園

国のため、国家をも身をも、妻子をも、わすれし袖の、なにに濡れけむ。
　槐園に復す。
口あきて、ただ笑はばや。我どちの、泣きて甲斐ある、この世ならねば。

　しかし、国家の呼吸を個の呼吸とする、とは言っても、個の内面が全て国家に覆い尽くされるなどということ、これまたありえないことである。「三国干渉の事」を受けとめた槐園と鉄幹の、それぞれの内面に発生した波立ちを右の応答はわれわれに示している。個の生死を、国家に委ねて悔いなしとしたかつての日々から身を引き離そうとするこころの微動を隠していないのではないか。それでも、右の二首の後に、「僑居偶題《きょうきょ》」の詩を配して、

書冊《しょさつ》の塵ははらはねど
仔細に太刀の錆《さび》は見る。
よし貧賤に身はおくも、
捨てぬ丈夫の意気一つ。
去年の夏のこのごろよ、
われ韓山に官を得て、
謀るところも多かりし、
それも今更夢なれや。
世は慨くまじ徒らに、
小吏《せうり》の怒りを買ふばかり。

と詠んで、〈小吏〉の権勢の下に余儀なくされる「丈夫の意気」の死せざる有様をアピールするのである。国家や社会、他者に対する感慨が個人内面の中でさまざまに揺動すること、これは疑うべくもない人間的現実である。文学が感情と思想との相剋の中から創造されることを思えば、鉄幹の、あるいはこの時代に生きた人間の多数が免れることのできなかった複雑な内面が納得されそうなものではないか。

詩人金素雲のこと

『東西南北』の巻末に「韓謡十首」と題する訳詩がある。詞書に、「こはもと、韓語を以て綴りたる、かの国の歌謡にして、かの国士人の酒間、つねに行うるもの、以て韓詩の一斑を窺ふに足らむか。戯れに、ここに其十首を訳出す。」とある。

（一）春思

なくうぐひすを梭《をさ》にして、
柳の糸に織り得たる、
春の錦を人問はば、
われは露けき袖二つ。

（二）早別

ひがしの窓のしらめるに、
起してなどか帰しけむ、
見ればまだ夜は明やらず、

しろきは月の影なりき。
ながき山路を唯ひとり、
かへれる君やいかにぞと、
思へば心も身にそはず、
思へば心も身にそはず。

（三）恨別

離別の二字を作りけむ、
蒼頡《そうけつ》こそは恨みなれ。
始皇書をば焚きし時、
いかに逃れて世にのこり、
にくやこの二字今も猶、
いくその人を泣かすらむ。

韓国の国民詩人金素雲（一九〇七～一九八一）についてぼくの知るところは、岩波文庫に入る『朝鮮童謡選』『朝鮮民謡選』の訳編者としてしかない。前者が北原白秋の支援によって一九二九年（昭4）に世に出、後者は一九三三年（昭8）に土田杏村、新村出の支援を得て著わされたことを、金素雲本人の「あとがき」によって知りえたのである。金素雲は『朝鮮民謡選』に付採された「儒教文化と『時調』の発達」の中で、李氏朝鮮の時代に儒教文化が迎合され、「ひいては『時調』の如き成形文字の発達を見るに至った」こと、そうして先に引いた「韓謡十首」中、「早別」と「恨別」二篇の鉄幹訳と詞書を紹介して、これらは「韓謡」ではなく、「固有の定型詩歌」としての「時調」である、と訂正を求めている。

（鉄幹は）これを一種の民謡の如く解されたのではあるまいかと思われる。与謝野氏の言われるように酒間つねに歌わるるものではあり、歌妓と雖も民謡如きを口にすることは苟も品格を傷つけるものとして忌み憚ったのであるから、外来の客人にして時調と民謡と取り違えたとしても万々無理からぬことである。

「時調」の歴史については、尹学準『朝鮮の詩ごころ――時調の世界』（訳詩田中明　講談社文芸文庫）に学んだ。「時調」は高麗末期の十二世紀から十三世紀にかけて詩形が定着し、上は王族から下は庶民に至るまで、幅広い作者を持つ民族の伝統的詩歌であること、「時調」の世界では恋など自由な人間的情感を奔放にうたったのが妓女たちであったことなど、朝鮮民族の歌ごころについて蒙を啓かれた。鉄幹は「韓謡十首」中に、

（八）失題

齋《せい》も大国、楚《そ》も大国、
齋楚の中にはさまるる、
小さき滕《とう》を如何にせむ。
さもあらばあれ諸共に、
君とつかへて今はただ、
齋にも行けば楚にも行く。

を試訳しているが、尹学準はこの「時調」に言及して、この作者は李朝末期の妓生笑春風（ソチュンプン）で、あるとき王が主宰する宴席に呼ばれた折りの彼女の即席の「時調」であったと指摘している。

笑春風は文武群臣の居並ぶ中で、ある武人に酒をつぎながら、「これほどすばらしい学者たちが居並ぶ中で、ものごとの分別も知らない愚かな武士にどうして従うことができるでしょうか」という意味の「時調」をうたって怒りを買い、彼らをなだめて先の「時調」をうたった、と言うのである。尹学準はその意味するところを、

「笑春風は、自分は女の身であり、無力である。そういう自分を滕国にたとえ、並居る大国（男性）の中で世を渡って行かなければならないわが身に思いをはせながらうたったのであろう。」と解している。そうして妓生の教養の高さは、この「時調」の場合でも、中国の春秋時代の歴史的事実だけではなく、『孟子・梁恵王下』の記述をふまえていることに明らかであると指摘する。

ところで、鉄幹の妓生らとの交遊については、白梅、玉梅、吹香、蓮花、山紅、江陵らの名が、詩歌集や「読売新聞」掲載の鉄幹の歌に見られる、との指摘が逸見久美の大著『評伝与謝野鉄幹晶子』にあり、とりわけ官妓翡翠への鉄幹の「慕情」の深さがたんねんに辿られている。ぼくが注目するのは、鉄幹の「韓謡十首」として紹介された「時調」が、彼女ら妓生の口誦によって伝えられたであろうと推測されることである。『東西南北』には「官妓白梅を悼む」と題する詞書と漢詩、短歌が収められてあり、妓生笑春風のごとき気骨ある女性への鉄幹の深い悼みの感情がそこに記されている。

城中の官妓名を白梅と呼ぶ。年十八、才色ともにすぐれ、多少の教育さへあるなど、謂ゆるこの国官妓中の尤物。その極めて、日本人びいきなるが如きは、稀に見るところの者也。乙未の年、四月十五日の夜、われ某大臣の宴につらなりて、大酔立つ能はず。

白梅に介抱されたことがきっかけで、以後親しい交際が始まったのであるが、二人の仲はいささかも「うきたる言葉」を挟む関係ではなかった。

われの、稍々、韓語に熟せむとして、朝鮮小説を読まむとするや、卑猥淫靡の書、君子の手にすべきものならずとし、その書を裂て、読ましめざりし者は、彼なりき。

白梅への追悼の詞は『東西南北』中、異例の長さであり、

鶴にのりて、笙ふく少女、誰《た》ぞと見れば、恋ひしき魂《たま》の、夢にぞありける。

の哀悼歌に見るように、白梅へのこの詩人の清純なこころを疑うことはできない。吉井勇は『東西南北』の詞書

にふれて、「物語風に解説した文章が多く、それがみんな小説的な構想から成るもの」で、その一例としてこの「官妓白梅を悼む」をあげている。「詞書」に「物語」や「小説的構想」に着目する吉井勇にして、はじめて鉄幹の稀有な「芸術家としての真面目」（同）を指摘することが可能になったと言わなければならない。

ところで、一九二八年（昭3）、二十歳の金素雲は朝鮮民謡の訳稿を手に、北原白秋を訪問した。風邪気味ですでに床にあった白秋は、この一面識もない詩人を玄関に招じ入れ、訳稿を読んで、最初のことばが、

《こんな素晴らしい詩心が朝鮮にあったとはねえ！》

という、感嘆の一言であった、と金素雲は回想している（『天の涯に生くるとも』講談社学術文庫）。朝鮮の詩心と日本の詩心、この魂の感動的な出逢いのエピソードは、「韓謡十首」と「官妓白梅を悼む」の文学的交叉をめぐる楽しい想像へとぼくを導くのである。わが国の詩歌革新に朝鮮の詩心を持ち込んだ鉄幹の、詩心と文学的野心の不朽の高さは、「韓謡十首」を『東西南北』の巻末に配してアピールするところにも、示されているのではあるまいか。

鉄幹の風流

『東西南北』の開巻第一頁は「無題二首」である。

野に生ふる、草にも物を、言はせばや。涙もあらむ、歌もあるらむ。
花ひとつ、緑の葉より、萌え出でぬ。恋しりそむる、人に見せばや。

かつて鉄幹は歌論「亡国の音」で旧派攻撃をしたときに、その総帥高崎正風の作、
島づたひ舟こぎくればわが宿の庭にと思ふ松ばかりして

を評して、この天下山水の霊境を「縁日の植木店をヒヤカシたらむ目」で眺めた野鄙の作と酷評したことがあるが、『東西南北』中にも、

世のなかに、秋より外の、里もがな。思ふことなく、月やながめむ。

など、「月」と題し、「梅」と題する、旧派和歌と寸分違わぬ花鳥風月の〈風流〉を探すに困難はない。そうして伝統的な花鳥風月に感受するこころは、

世はなれて、ここに住まばや。山かげの、梅さくあたり、水もありけり。

梅の花、ただ山里に、植ゑおかむ。世を厭ふ時、きても見るべく。

吹く風を、うらむ色なく、散りにけり。花のこころは、我に及ばず。

などの歌に明らかである。しかし、一方に、

我もまた、世を厭ふとや、人は見む。月と花との、歌のみにして。

の歌を入れて、花鳥風月的風流に自足する自分の姿を眺める他者の視線を、自己の中に用意しているのである。

明治二十八年十月八日、朝鮮王妃閔妃殺害事件が起こり、鉄幹は他の政治犯と共に広島に護送され、放免の後、この年十二月渡韓。乙未義塾は廃校となった。

廿八年十二月、再び朝鮮に航するや、槐園と共に、身を商界に投ぜむとの念、切なり。万葉集二度まで浄書したる筆もて、大福帳つくるも亦、風流ならずと云はむやなどいふ。

長い詞書を付して二首を詠んでいるが、うち一首を左に引く。

末の世は、人の国さへ、売られけり。たふときものは、黄金ならずや。

万葉集の風流から大福帳の風流へ、この物言いを、奇を衒ったポーズなどと見る向きは、鉄幹の心情理解から千里も万里も隔てられている、と言わねばならぬ。「たふときものは、黄金ならずや。」と問いただす結句の語調

に、現実を支配する力への明察と、反面、否定しがたい現実に抗する精神がせめぎあっているのではあるまいか。

「凱旋祝捷会など、盛に行る丶頃」と詞書する歌に、

ますら夫は、勝鬨《かちどき》あげて、かへりけり。筆のいさをは、我にゆるせよ。

があり、大福帳の世界に対峙する万葉集の力への確信もたしかに一方に存在する。「三国干渉の事などき丶て、鉄幹のもとに」送った槐園の歌、

国のため、家をも身をも、妻子をも、わすれし袖の、なにに濡れけむ。

に復して、

口あきて、ただ笑はばや。我どちの、泣きて甲斐ある、この世ならねば。

と応じている。自分の人生に何を実現したいか、それは一に自己の才能の見極めにかかっている。しかし、この時代に生きた人間の困難は、個としての人間の存在が、たえず国家の存在の重みによって相対化されていたことで、二十年代の平民主義者徳富蘇峰の帝国主義への転回を「変節」の一言で斬り捨てて済ませられるほど、単純ではなかった個と国家の複雑な時代の様相を思うべきである。一身を国家に捧げて悔ゆることのなかった人間に、〈個〉としての人間の意識に戻る時間の空白が訪れる瞬間がある。〈この世〉などと、疑いを入れる余地もないと考慮の外に置かれていた現実は、よくよく考えてみれば、これほど正体不明なものはない。しかしさらに想いを重ねれば、〈この世〉の具体的な形姿としての国家に一身を捧げるほどの忠誠を誓った人間もまた正体不明ではあるまいか。《口あきて、ただ笑はばや》この一句に鉄幹の痛苦と人間の誠実を見るのである。

「失題」と記された詩がある。

たのしといふも、おろかなり。
くるしといふも、おろかなり。

千とせ八千とせ、たたばとて、
　この世ながらの、この世かな。
大詩人、小詩人、
　なにかさばかり、あらそはむ。
人を神ぞと、いつはらず、
　人は人ぞと、うたへかし。

呟きがそのままノートの端っこに記された、そんな風な感じで、その分作者の感慨はあらわである。感慨の中心は、〈この世ながらの、この世かな〉に示されていて、希望と絶望の間に翻弄され、心身共に消耗した体験が底にある心情と推測される。「たのし」も「くるし」も何故に愚かなりと感じられるか。それは、千年八千年年経るとも「この世」は永劫変わることなく「この世」であって、人間の味わう苦楽は永劫の一瞬間に過ぎぬからではないか。大詩人、小詩人の名利争いもまた愚かなことでなければならぬ。〈この世〉に真実あり、とするならば、人は神ではない、〈人は人〉なり、この一点に尽きる。「失題」と同じ詩形の「野菊」に、

まねくたもとの、花すすき、
　なまめく色の、をみなへし。
よその栄えは、うらやまじ、
　ものにはものの、分限《かぎり》あり。
野菊はいつも、野菊にて、
　ひとりかをらむ、岩かげに。

とする感慨が見られる。《ものにはものの、分限あり》の詩句に、可能性や希望に対するある断念が含まれてい

ることを暗示しないか。「野菊」を眺めた目で、「失題」を再読すれば、現実への諦念とも読まれた《この世ながらの、この世かな》の中に、まだ脈搏つ感情のあることを感知することができるのである。

世をばなど、いとひはてけむ。詩の上に、おなじこゝろの、友もありしを。

右の「詩友北村透谷を悼む」の歌は言ってみれば、諦念に辿り着こうとする心情の側に伝統的な花鳥風月を眺める目があり、一方にそれに反撥する〈人間〉の目がある。両端へと引き寄せられる感情の波の上に、鉄幹の〈風流〉がある、と言えばどうか。

人生に相渉るとは

文章即ち事業なり。文士筆を揮ふ猶英雄剣を揮ふが如し、共に空を撃つが為めに非ず、為す所あるが為也。美妙の文、幾百巻を遺して天地間に止るも、人生に相渉らずんば是も亦空の空なるのみ。文章は事業なるが故に崇むべし、

透谷について言及しながら、山路愛山のことを失念していたわけではない。この引用は愛山―透谷論争の口火となった愛山「頼襄を論ず」（「国民の友」明26・1）の要点部である。〈文章即ち事業なり〉、この緊張した発言を鉄幹とむすぶこと、透谷とむすぶ理解よりも容易であることが自明のように思われる。透谷の愛山反撃は素早く、「人生に相渉るとは何の謂ぞ」（「文学界」明26・2）に示される。

吾人は記憶す、人間は戦ふ為に生れたるを。人間は戦ふ為に戦ふにあらずして、戦ふべきものあるが故に戦ふものなるを。

事業は尊ぶべし、勝利は尊ぶべし。然れども高大なる戦士は斯の如く勝利を携へて帰らざることあり。彼の一生は勝利を目的として戦はず、

空を撃ち虚を狙ひ、空の空なる事業をなして、戦争の中途に何れへか去ることを常とするものあるなり。

平岡敏夫の明快な指摘にあるように、「透谷が撃とうとしているのは愛山のさきの『勝利』＝『事業』なる実世界であった」。文学は「勝利を携へて帰らざる」事業であって、それ故にこそ世俗的価値からの自由が実現されると説いている。

〈文章即ち事業なり〉と〈空の空なる事業〉は一見するところ対立した主張であるが、前者は後者を、後者は前者を自明の前提として立論されているのである。透谷の一方的な文脈で愛山を理解することは止めなければならぬ。ところで鉄幹であるが、ぼくはこの小文のはじめに、透谷と鉄幹の宇宙観の共通項を指摘するために、「亡国の音」の「国家の盛と衰と文章の関って力ある」とするくだり、「道徳と文学とは全く別物なり」とする主張を「国を亡す」愚論者と斬り捨てるくだりに目をつぶってきた。こうした文学功利論は愛山の文章＝事業論にまっすぐつながること明らかである。しかし、一方で前述の如く、文学者は「宇宙自然の律呂」を呼吸する、とする透谷的立場も示されてある。結論的に示せば、鉄幹の中に〈透谷〉と〈愛山〉が共棲する図を想定すればどうか。歌論「亡国の音」はこの両側面を不格好に抱え込みながら当面の敵＝旧派和歌、「現代の非丈夫的和歌」への全面攻撃に打ってでるところに旧勢力破壊のエネルギーが存在したのである。

文学が創作主体（作者）の確立に拠らなければならないこと、愛山・透谷は近代文学史上、最も早い明確な認識者であったことを認めねばならぬ。鉄幹もまた同様である。創作主体の確立は作家内面を含む〈現実〉をどのように評価するか。愛山・透谷論争の文脈で言えば、文学（者）は現実に対して〈勝利〉を目ざすのか、あるいは〈勝敗〉を度外視するか、この点に両者のズレが生じる。『東西南北』の多面性、光と影、詩的気分の浮沈、捉え難さは、鉄幹が自己の内部に〈愛山〉的なるもの、〈透谷〉的なるものの両傾向、両側面を抱え込んでいるからに他ならない。「自序」に、

本書は、得るに従ひて、編輯せしもの。前後の順序もなく、連絡もなし。小生の、万事に疎放なること、今

に改らず。

小生は、詩を以て世に立つ者にあらず候へども、短歌にもあれ、新体詩にもあれ、世の専門詩人の諸君とは、大に反対の意見を抱き居る者に御座候ふ。

と述べている。この詩歌集の構成について、第一に目につくことは、巻頭近く「西京比叡山の麓に住みける秋」に始まり、「夏の初、駒込に住みて」「洛北岡崎に住みける冬」と続き、最後に「丹波に住みける秋」の詞書を付して、全篇十一箇所に及んで住居するところが示される。各地、国内外を転々とする多忙の生活の中に、懐かしい人との出会いと別れがあり、死別があり、旅中の感慨があり、梅や桜、山吹や雪月の観照がある。馴染みの女との想い出があり、幼児期の回想もある。そうした私的な動静、現在と過去の時間の間にたゆたう心情を歌いつつ、その間にも自身につながる、あるいは無縁に展開する、日本と外部世界との歴史の動向が伝えられる。人間は花鳥風月の世界に住居すると共に、巨大な歴史に含まれた世界に生きているのである。この物言いはまだ、ぼくの『東西南北』からうける感銘を言い当てていなくて、人間の欲望の対立と和解の織りなす歴史そのものも、花鳥風月を象徴とする饒かな自然の時間の中に含まれてある、とする鉄幹の、自然と人間をめぐる詩的感受の一大叙事詩と言ってみてはどうか。「自序」に鉄幹が、小生の詩に加えられる「露骨」「生硬蕪雑」等々の批評は返上したい、どうか「真面目なる、詩的批評を賜らむことを、切望致し候ふ。」とむすんだのは、かかる自負あっての故である。この結びの一文の後に、

明治二十九年六月十七日、東北、宮城巖手青森諸県、大海嘯の惨状を想像しつゝ、著者自ら、東京の寓居に識す。

と付記している。八面楼主人（宮崎湖処子）はこのくだりを取り上げて、「頗ぶる渠の読書社会に対して真摯を欠けるを嘆ぜざるを得ず。渠豈に二個の頭顱を有して、其一を以て大海嘯の惨状を想像し、同時に他の一を以て自叙文を構案したりといふか。」と非難している（「鉄幹及び其『東西南北』」「国民の友」明29・7・18）。「最も軽佻

の笑ふべきもの」「頭痛の岑々たるを覚へしむ」「欠点は真摯ならざるにあり」「浮誇なるにあり」云々、湖処子の見るところ全篇駄作と吐き棄てるべき詩歌集となる。同時代の悪評も捨てたものではない好例と感謝する。ろくに読みもせずに捨て去る現代と大ちがいである。付記は鉄幹の文学的意図であった、とぼくは思う。〈大海嘯〉の惨状に向き合っているのは一の〈自叙文〉ではない。『東西南北』全体が対峙する構図を読むべきである。この言い方も適切を欠く。〈現実〉が在り、他方に〈文学〉が存在するのではない。〈文学〉もまた仮構された現実であって、〈大海嘯の惨状〉〈現実〉に対峙する力〈文学的想像力〉を持つとき、〈文学〉ははじめて〈現実〉を撃つ力を持ちうるのである。「亡国の音」から『東西南北』への過程は、〈愛山〉的なるものと〈透谷〉的なるものの比重が、より後者の方へと傾いたその内的変化を示す表徴である。鉄幹の野望の大きさ、自負心の強さは「自序」の「付記」に余すところなく示されている。書名『東西南北』は『礼記』中「檀弓上」中にある、「今丘也、東西南北之人也」から採られ、住居の一定しない人、四方の人、諸方の人の意、とある。鉄幹その人は、人々の中に在り、自然の中に在り、歴史の中に在る。多忙にして閑、談笑する声大きくしてなお閑かである。人中に在って孤独である。『東西南北』に、ぼくは人間鉄幹の心の声を聴く思いがする。

落合直文「東西南北　序」

京都の地たる、山うるはしく、水明かなり。そこに住むものは、おのづから、歌よむ情の起るらむ。与謝野鉄幹は、京都の人なり。歌にたくみなるも、その故にや。鉄幹は、わが浅香社の社友なり。社友三十名前後、いづれも、その歌に、一種の特色を備へ居るが、鉄幹の如きは、雄々しき調を以てまさるものか。鉄幹、このごろ歌集を出さむとて、そのはじめに、余の歌論をしるさむことをもとむ。余の歌論は、鉄幹のよく知るところ。今、あらためて、なにをかいはむ。たゞ、いはまほしきは、桂川と鴨川と、いづれか雅にして、いづれか俗なるといふことなり。また、東山と嵐山と、いづれか優にして、いづれか拙なるといふことなり。鉄幹、よく知らむ。桂川は、水声清くして、影をひたせる月、また、をかしきにあらずや。これに反して、鴨川のひなびたる景色は、いかに。嵐山は、松ふく風、すゞしくして、ふりくる雨、また、おもしろきにあらずや。これに反して、東山のいやしげなるながめは、いかに。今の世の、新体詩とかいふものを見るに、鴨川のほとりに、絃歌の声をきくが如く、また、東山のふもとに、洋燈の光を見るが如くなるにあらずや。余は、鴨川と東山のひなびたるけしき、いやしげなるながめなることは、はやく認めたり。水を愛せむには桂川、山を賞せむにはあらし山といふことをば、はやく見しりたり。鉄幹もまた、これに対しては、異議なからむ。さはいへ、桂川にむかひて、驚浪、龍門を下る勢をもとめらるべきか。嵐山にむかひて、嶮岌、晴空に聳ゆる姿をもとめるべきか。そはまた、白河と比叡の山とのあるにあらずや。鉄幹の歌を見るに、桂川あらし山は見終りて、深く白河にさかのぼり、たかく比叡の山にのぼらむとするもの、如し。その志、壮とやいはむ、快とやいはむ。余、この夏、ぬしの故郷なる京都に遊び、白河に、比叡の山に、暑を避けむとす。鉄幹、歌集の出づるをまち、そを携へて、来り訪へり。水声激するあたり、白雲深きところ、手をとりて、歌論をなすも、また、一快事ならずや。

七月六日の夕つかた

萩の家の主人　直文

寛、心の遍歴

天地の凍る幾夜を重ね来て痩せたる枝に梅のかをりぬ

(『与謝野寛短歌全集』)

与謝野寛は一九三三年二月二十六日に還暦を迎えた。十五歳になった年に父礼厳の門弟らとはじめて長歌や短歌を作っているから、作歌歴もまもなく半世紀になる。父は西本願寺派の僧侶で、明治王政復古のために政事に奔走し、維新の後は京都に病院や小学校を建てるなど公共事業に従事し、自分の寺(岡崎の願成寺)の敷地に茶や桑を栽培するなど大変な事業好きであった。このため結局は多くの借財を抱えて寺を人手に渡さなければならなかった。四男の寛はこのため十歳の年に市内の別の寺院に養われたが、一年後に父母の膝下に帰ったものの、またも大阪の寺へ養子にやられるほどに家は困窮の極にあった。父は学僧で、本居宣長の流れをくむ国学、和歌の教養深く、寛は九歳の年に、父から万葉集、古今和歌集、古事記、漢籍、仏典などの教授を受けた。寛は不在の父に代わって壇徒に説教を請われることがあり、漢詩創作に寝食を忘れて推敲意に満たず、声を挙げて泣く日もあった。十歳の頃にはすでに近村にまでその名を知られるほどの「神童」であった。老梅の幹の美称である〈鉄幹〉を雅号としたのは十三歳、明治十八年であった。

み佛を背向《そがひ》になして鶯を春日さし入る板敷に聴く
わが歌も出雲《いづも》梟帥《たける》の木太刀《きだち》かも実無しにして人の嗤ふも
声高に逢へばあらそひ離り居て常は黙ある父母らはも
吾を如何に思せか父は雪の日も木これ芋ほれ風呂たけと召る
悔しけど川に菜あらふ我がまへを知事の若子は馬よりぞ行く
むなしくて家にあるより己が身し谷に打はめ死なん勝れり
わが道はよくしもあらじさぶしくも父に違ひて独り行きつつ
わが歌は身に合はぬかも父すらも脱ぎて捨てける古麻ごろも
書読みて吾があることをいちじろく人みな知りぬ里狭みかも
父母にいとま申さで家離り東へ行かん時にはなりぬ

『与謝野寛短歌全集』は「上巻」に大正元年より昭和八年の間の作を、「下巻」には明治二十五年以前の作を含む同三十六年までの作を収めている。右記十首は「万葉廬詠草抄」百三首中からの引用であるが、ここには落合直文の浅香社に出逢うまでの生活と心情が万葉調の詠み口で歌われている。養家から逃げるがごとく帰ってきた寛に、「雪の日も木これ芋ほれ風呂たけ」と下男扱いをする父の心を測りかねる日があり、「川に菜あらふ」前を馬に乗って通り過ぎて行く知事の息子を見上げる屈辱の日がある。寺と家財を競売に付せられて、他人の寺に身を寄せる家族の生活に傷つく少年の内面が歌に映され、離散した一家の上に訪れる団居のときに「声高に逢へばあらそ」う父母の姿に心傷める少年の目がある。

自筆「年譜」の明治十八年の項に、「宗門の人たるを欲せざる意あり」とあり、ある老師に胸中を打ち明けたところ、師は「甚だ好し」と答え、同席の某女は寛の面ざしを観て、「君は東京に住むべき人なり、かかる寒村に在るべからず」と言って、村人の中に久しくこの地にとどまる人ではないと噂話することを伝えた、とある。明治十九年に入ると、同時代の大先覚者福沢諭吉が全国漫遊に出発し、京、大阪、神戸にまで足をのばしたとの報道があり、東京大学を了えて東京専門学校（早稲田）の講師となった坪内逍遥の小説『当世書生気質』や『小説神髄』が大評判になり、異才徳富蘇峰が『将来之日本』によって文名を挙げて東京に進出し、その勢を以て民友社を興し、「国民之友」を創刊した。《み佛を背向になして鶯を春日さし入る板敷に聴く》寛の関心は次第に形を現しつつあり、福沢、徳富、坪内諸家の書を愛読し、ローマ字会に入会し、英語の独習を始めた。

この年を境に、寛は漢詩から長短歌へ関心を移したのである。万葉集への傾倒止まることなく、愛読歌を「手抄すること二度」に及んだ。万葉廬主人と自称し、長歌を多作して、漢詩に於ても古詩を作らざるは大詩人にあらずとする見方に対抗した。泣いて漢詩作に熱中したその熱心が長短歌へふり向けられた。わが歌を「出雲梟帥の木太刀」ではあるまいかと観察する目は、やがて「わが歌は身に合はぬかも」と感ずる気分に落ちてゆく。万葉集から古事記、日本書紀の歌謡、仏足石歌へと広がってゆく関心は、再び漢魏唐宋の詩文へと向かって、そうした文学伝統に「意満たず」と感ずる自己とは何者か、世の歌風に飽き足らず、「新声」をなさんとする鬱勃とした気分を生ずる自己とは何者か。自己の行く手を阻む〈家〉、自己を閉塞する〈自己〉、《むなしくて家にあるより己が身し谷に打はめ死なん勝れり》生きて在ることが不幸なら、死をこそむしろ望むべきではないか。

いくたびも思ひて遣りし我が心まだ見ぬ大人に到りけんかも　（周防より一書を落合先生に寄せし頃）

萩の家落合直文に「欽慕の情」を表す書簡を呈したのは明治二十四年のことであるが、これより先、明治二十二年十月に文学批評雑誌「柵《しがらみ》草紙」が森鷗外、落合直文によって創刊され、新雑誌によって直文の文章に魅せられたのである。落合直文は創刊号に自伝的小品文「悲哀」を発表した。父盛房は仙台藩伊達家の筆頭家老で、維新の際は総大将として官軍に射向い、そのために維新後は家勢衰え、直文ら七人の兄弟は学校へ行くことも許されぬ不如意な生活を余儀なくされた。一家の行く末もおぼつかなく、子どもたちは次々に他家へ養われる身となったのである。「悲哀」は兄弟の愛を一身に集めていた妹が、養家のすすむるままに結婚し、十八の若さで逝った哀話を綴ったものである。一篇の主題と文章が渾然としたロマン的世界をなして、読む人の胸を打つものがある。明治二十二年、寛十七歳のこの年には「父の命に由り、止むなく西本願寺にて得度」し、仲兄（赤松照幢）の経営する徳山女学校の国語漢文教員となった。この地で直文の文章を読んだのである。直文の「悲哀」は直接に寛の悲哀として感動されたのである。

「孝女白菊の歌」（明21〜22）によって、新体詩人としてすでに時の人であった直文の清新な叙事的叙情詩は漢詩から長短歌へ移動して、〈新声〉に苦闘していた寛には文学的憧憬であったし、二十三年に入ると、直文の仕事はさらに『日本文学全書』（全二十四巻）を加えて日本古典文学の復興に寄与し、二十四年には『新撰歌典』で歌作の実際的な手引書を著わし、二十五年に創刊された歌の理論雑誌「歌学」のバックボーンの役割を果たした。創作と理論、文献的著作の貢献、そうして温容な人柄によって、直文の周辺に多くの青年子女と、すぐれた文学的個性が集まってきた。寛は上京して国語学の専門的学業を志す念抑えがたく、明治二十五年女学校を去り、京の父母の許に帰って胸中を告げた。父は「西本願寺の僧として身を立てよ」と戒め、母は「窃に東京に出でて苦学せよ」と勧奨した。

子らがためかもかもせんと思《おぼ》せども貧しき母は由《よし》もあらなく

《雪の日も木これ芋ほれ風呂たけ》と父に追い立てられる学問好きの息子に、何をしてやることもできなかった母が、息子の人生の岐路で見せた強い愛情であった。

萩の家のわが師の君は過ちを咎め給はずおほどかなりき
世のこころ我れを離るも我れひとり師に背かぬを慰めとする
雪の夜に蒲団も無くて寝る我れを粗き窓より師の見ましけん
うれしくも万葉に次ぐ新歌を師の御名により世に布けるかな
萩の家を蔑みせし人の額骨ひしぎ踏ままく世に生く我れは
かにかくに我がよきことを教へたる御文出できぬ師の文篋より
世ひと皆われを殺すを救う人萩の家の大人ひとりいましき
かの寛に年越す銭を与へよと師はいまはにものたまひしかな

師萩の家落合直文の五年祭にて詠んだ十四首中の歌である。「初めて落合直文先生に遇ひ、師礼を執る」、明治二十五年九月十七日の出来事であった。


先生曰く、「予は恐らく君の師たるに当らず、唯だ共に研鑽せんのみ」

寛問ふ、「国学院に入るべきか」

先生曰く、「君の才を以て何れの学校にも入るの要無し、唯だ自ら読むべし」

寛また問ふ、「方今先生の外、誰れに教を乞ふべきか」

先生曰く、「甲某は学あれども人格卑吝なり。乙某は学あり徳あれども、老いて書生を愛せず。唯だ一人森鷗外に紹介せん、多く彼人に聴くべし。予近日森君に君の事を依嘱し置くべし。決して他の名家の門を叩く勿れ。凡庸なる人間に一たび『先生』と呼ばば終生その下風に立たざるべからず。書を読まば最上の書を、師を択ばば第一流の人を」

還暦を迎える寛は、二十歳の青年と落合直文との初対面の模様をたった今の出来事として活写している。青年が尊敬する長上の人にどのように師礼を執り、長上の人は慕ってくる青年にどのように人生の扉を開くか、現代が喪った人間と人間の出逢いの場面が、ぼくらに示されるのである。

《家にある身は寒からずいざ脱ぎてこの綿入を君に贈らむ》。直文が「さる貧生の旅立たむとする朝、衣を脱ぎて餞とす」と詞書を付して詠んだ歌である。直文の篤い人情は慕い寄る青年たちに公平に差し向けられた。

（明治二十六年）二月、落合先生の家に寄食し、是れより飢寒を免る。後に聞く所に由れば、先生の新居と寛の住む吉祥寺の寺域は垣一重を隔つるのみなれば、雪降れる或朝、早起癖ある先生は寺内の雪を賞しつつ、偶ま寛の寓する宿舎の外に出られたるに、破れたる窓の中に、寛が纔かに一枚の蒲団に由って臥したるを覗き見て、驚かさずして踵を返されしが、数日の後、寛が先生を訪ひたるに、先生は『予の家に自由に仮寓せよ、書生として鄙事に与る要無し』と勧められ、令弟また之を従慂せらる。

そうして数日の後、先生の住居に移った寛は、羽織、下着から先生と同じ桐の下駄まで揃えて、温かく待ちうけられていたのである。寛はすでに前年より、落合直文から親しく詩文の指導を受けていたが、寛の詩文には、他の門生とは違って毎度、「朱筆を執って三点四点の評圏と『いとよろし』『いといとよろし』と云ふ評語を付せられ」るほどの態度で、「東京に出でて苦学せよ」と励ました母の愛情を唯一の頼みとして西京の家を捨てたこの青年の、並外れた才能と直向きな情熱の行方に、直文は注目していたのである。

明治二十六年二月、落合直文は実弟鮎貝房之進（槐園）、大町桂月、国分操子、与謝野寛ら門生と共に「浅香社」を自宅に創設した。浅香社は、国文と和歌の革新をめざす創作と批評の最初の結社となった。落合直文にはまとまった歌論というほどのものはなく、

万葉集後は、雄壮活発なる歌きはめてすくなし。かの右大臣実朝、加茂真淵はつかにその人あるのみ。歌といふ歌のかぎりは、皆め、しき方にのみ流れたり。

（「賛成のゆゑよしをのべて歌学発行の趣旨に代ふ」明25・3）

歌のまことによきは、見てよき歌にあらず。歌ひてよき歌をいふなり。

（「歌は目にて見るべきものなるか。耳にて聞くべきものなるか。」明25・9）

万葉集よりは、古今集の句形と云ふものは、その数が極めて少ない。万葉集の方を読むといろいろな句形があるが、古今集になると、『かな』とか、『けり』とか、『らん』とか、『なり』とか、その句形と云ふものは、殆ど同じことである。

（「歌談の一」明36・6）

といった、断片的なものに述べられているにすぎない。直文の歌論的立場は、旧派の歌の墨守する歌作の「規則を破り、自由自在に作つて行く」（「歌談の一」）ことにある。古今集よりも万葉集をよしとするのは、思想や感情を「自由自在」に表現するためであって、「少くとも、万葉集あたりの句形に戻」して、それでも不自由なら句形を四六とか七八とか、「調を害せざる限り」は自在にするべし、としている。落合直文は浅香社に集ってきた人々に「一人一人の長所を顕著に発揮せよ」と激励を与えること一様であった。寛は浅香社時代の師の指導を今更に思い返して、

先生は寛をして最も険峻なる方面に、手づから棒莽を刈りつつ、自己の新しき新路を開拓せしめんとせらる深旨なるを思ひ、この大愛に狎れて苟も慢心すべきに非ずと自ら警めたり。

と師恩に深く思いをいたしている。

ところで寛の〈新声〉を出さんとする苦闘は、漢魏唐宋の詩集と万葉集の間を往きつ戻りつする形ですでに始まっていたが、創作の閉塞感は「飢寒を免」れ、浅香社の同人たちの文学的団居の中で、いよいよ切迫したものに感じられたのである。第一詩歌集『東西南北』は、明治二十九年七月に明治書院より刊行された。ここには短

歌二百五十四首、新体詩五十二篇、他に連歌三篇を含む。短歌、詩の句調に今様を採り入れたものあり、民謡を採り入れたものあり、朝鮮の「時調」である俗謡の訳詩ありと、さながら日本詩歌ワールドの壮観を呈している。二十二歳（明27）の年に御歌所派の歌を非難し、詩歌を以て「国民士気の鼓舞」に務め、歌壇に〈鉄幹〉ここにあり、とその存在をアピールし、鷗外の「柵草紙」や東大系の「帝国文学」に歌を発表し、歌論を「読売新聞」に発表するなど、寛の文学活動の場は一気に拡大していた。自筆「年譜」二十六年の項に、

此年に至り寛が作る所の歌、凡そ万葉の姿態より離れたれども、唯だ新声を出ださんとする心のみ急にして、手之を伴はず、或物は粗豪、或物は軽浮、一も見るべきもの無し。廿一代集を再び検討して、古今集よりも新古今集にやや関心す。

と記し、二十九年の項には、

七月『東西南北』を明治書院より刊行す。序して『小生の詩は小生の詩に御座候』と云ひたれども、未だ毫も独創の新味無し。

とも記している。刊行後二十幾版をたちまちのうちに重ねる得意とは逆に「毫も独創の新味無し」と記す自評も、あながち四十年後の評価として退ける理由はないのである。明治三十二年と言えば、この年十一月に寛が東京新詩社を興して、翌年の四月には「明星」を創刊するにいたる年として記憶されるのであるが、この三十二年の自筆「年譜」には、

思想的に懊悩する所あり、夏期に京に帰り、嵯峨天龍寺の橋本峨山禅師の室に参じ、夜間しばしば寺内の竹林中に衣を脱して趺坐し、蚊の簇がり螫すに耐へて苦悶の中に黙想す。暁に見るに満身の血痕斑斑たり。しかも得る所無し。一日禅師の室に入り、『お前さんは歌を詠む相なが、心の座が無くて、よい歌が詠めるかえ』と云ふ警策を受け、慙汗背を透して退く。是れより深省する所あり。然れども寛の宇宙人生に対する疑惑は、なほ間歇的に発作の如くしばしば寛を苦悶せしめ、後の明治四三、四年にまで及べり。

と書いている。明治六年（一八七三）から昭和八年（一九三三）にいたる六十年間の「年譜」中、自己の内面的動向にだけ筆を費しているのはこの「明治三十二年」のみで、異例である。明治二十八年八月、落合直文は「学弟与謝野鉄幹に与ふる文」を書いて、

優美と雄壮とをかねたるは君をおきてまた他に誰があらん。君は猶家にとどまり想像の歌をのみよみて満足しをるにや。

と寛に自信を加え、反省を促したのである。直文は具体例として、

たまにあたり斃《たお》るるは誰ぞ故郷の母の文をばふところにして

という日清戦争の只中で作られた歌を引いて、ここには「想像の歌」の及ばぬ実際の描写からくる力がある、と説いている。

歌が「自由自在」の句形を要求するのは、人の内面が「千篇一律」ではないからである。そうして直文が常に歌の「調べ」を重視するのは、歌の「調べ」が人の生命の呼吸に当るものであって、人の内面がその存在を外部に向かってアピールするものであると考えるからである。〈実際〉〈実感〉とは内部生命が外部世界に接触して覚醒する精神上の様態を指すのであって、〈想像〉の世界に自己閉塞する傾きのある寛への、師の指導であったのである。

おのれら浅香社をおこしてより。茲に三年。歌につきてはいささか研究せし所あり。君また社員の一人なり。おのれらにかはりて出で立ちては如何に。君の家の事。またかしこへゆきたらん後のことどもは。よきにはからひてん。

寛は明治二十八年四月、直文の実弟鮎貝房之進の経営する「乙未義塾」の教員として渡韓し、二十九年、韓国宮廷をめぐる政治事件の疑いで国外退去処分を受けるまで、ほぼ一年をこの国で過ごした。

明治十二年、父の各種事業の失敗のため願成寺を出て以後、寛は兄弟と同様、生活の糧を求めて養子先を二度

も替え、寺院の間を転々として遠く鹿児島へまで行く有様であった。毎年のように住まいを移り、定住者の安心は望むべくもなかった。少年時に漢詩に熱中し、長歌や短歌に熱中し、その傾倒ぶりは時に狂気の様相を帯びた。十二歳のときには、寺蔵の仏典、漢籍、国書の殆ど全巻を読了し、十三歳で雅号を〈鉄幹〉としたときは、この年齢にしてすでに人生に老成した感があった。寛の内面的な飢餓と孤独は、読書と詩歌の創作によって癒されると共に、読書によっていっそうの飢餓と孤独に陥ることになったのである。寛のこうした内面的傾向は、落合直文とその門弟たちとの交わりによって和められはしたが、幼少時から刻まれた性向はほとんど変わることがなかった。父親譲りの事業欲、政治熱は二度の渡韓に明らかであるが、寛の〈東西南北〉の人たるの行動は、寛の〈寛自身〉からの脱出であったと見ることは故なきことではない。自己を忘却するために、次々に行為目標を変え、絶え間なく移動する、しかし、いつかは必ず自分の上に戻って来なければならぬ。《お前さんは歌を詠む相ながが、心の座が無くて、よい歌が詠めるかえ》禅師の警策を受けて〈慙汗背を透して退く〉寛の内面には、どのような深い衝撃が走ったか。回想する四十年の時間の隔たりは一瞬にして取り払われる。

落合直文が「学弟与謝野鉄幹に与ふる文」を与えて、《君は猶家にとどまり想像の歌をのみよみて満足しをるにや》と励ましたのは、古今の書物によって若くして自己を老成させた寛の人となりを洞察しての助言であったと知れるのである。《十九世紀は終らんとす。寛は学問と芸術に於て自己の空虚なるを感じ、頗る焦燥の情あり》。新詩社を創設し、「明星」を創刊する明治三十三年の項を、寛はこのように「年譜」に書いた。

与謝野寛よ、汝は何処へ行かんとするや。

与謝野晶子全歌集解題

『みだれ髪』

初版（明34・8・15）、2版なし、3版（明37・9）、4版（明38・3）／東京新詩社、伊藤文友館／三六判仮綴紙装／定価35銭／139頁／399首／装幀・挿絵　藤島武二／著者名　鳳昌《ママ》子（晶子の誤植）／巻頭「表紙画みだれ髪の輪廓は恋愛の矢のハートを射たるにて矢の根より吹き出でたる花は詩を意味せるなり」

＊　＊　＊

「乱れ髪」「乳ぶさ」「男の舌」など、性愛の匂いが「夜の神」「春の神」によって誘い出される世界を描く。〈臙脂紫〉〈蓮の花船〉〈白百合〉〈はたち妻〉〈舞姫〉〈春思〉の章により、永観堂の紅葉狩りから晶子の上京と結婚にいたる恋愛の過程が物語化され、性愛として表象される主体性の前に「真善美」「道」「後（世）」「名」など世俗的規範は無力化される。数詞と助詞「の」を多用した字余りの技巧的な修辞と内面に生成する感動の象徴的表現により、晶子は新派和歌の先導者になった。西欧象徴詩に造詣の深い詩人上田敏が「詩壇革新の先駆」との折り紙をつけたのも故なしとしない。

臙脂色は誰にかたらむ血のゆらぎ春のおもひのさかりの命
春よ老いな藤によりたる夜の舞殿ゐならぶ子らよ束の間老いな
みだれごこちまどひごこちぞ頻なる百合ふむ神に乳おほひあへず
道を云はず後を思はず名を問はずここに恋ひ恋ふ君と我と見る
消えて凝りて石と成らむの白桔梗秋の野生の趣味さて問ふな

『小扇』

初版（明37・1・15）、2版（明38・3）／金尾文淵堂／三六判変形紙装／定価35銭／91頁／259首／装幀・挿画　藤島武二／巻末　上田敏「みだれ髪」、山田禎一郎「みだれ髪を読みて晶子女史に寄す」

＊　＊　＊

『みだれ髪』以後の一年半（明34・9～36・4）の歌を収めている。この間に鉄幹と結婚、入籍し、長男光が誕生、三十五年一月には結婚後はじめて堺の実家に帰省している。歌集の構成は〈みじか夜〉〈笹舟〉〈夏ばな〉〈梔花染〉〈うつくし〉〈朝寝顔〉などの部立を設けて、構成では『みだれ髪』を継いでいるのであるが、歌は激しい恋愛の季節をすごして、結婚生活に入った安定した情緒を映している。そうして、関西の古寺、川遊び、山なみや恋を語った散策の地、ふるさとの潮の音などが、内面の静もりの中になつかしい姿を結んでいる。片やロマン的沈静の座に揺動する情動もこぼされて、夕焼けをさざ波に映して暮れてゆく海原のごとき光景を歌集全体にひろげている。

春ゆふべそぼふる雨の大原や花に狐の睡る寂光院
春むかし緋ざくら立てる花かげに少女の我となりにける里
宵のうたあした芙蓉にねたみもつよ黒髪ながき秋おごり妻
君なくば物をおそれの魂とのみに栖む胸しらず消えにけむ魂
したしむは定家が撰りし歌の御代式子の内親王は古りしおん姉

『毒草』（鉄幹・晶子合著）

初版（明37・5・29）、2版（明37・9）、3版（明39・10）／本郷書院／桝型判／定価洋装特製70銭、並製50銭／305頁／晶子77首（詩3、美文2、俳句6）／装幀・挿画　藤島武二、彫刻　伊上純蔵／巻頭「つつしみて、このひと巻を、師落合直文先生の在天の御霊に捧げまつる」、上田敏・内海月杖「毒草序」／巻末　孤蝶馬場勝弥（跋文）

＊＊＊

前年の明治三十六年に鉄幹は師落合直文を、晶子は父宗七を亡くしていて、夫婦初の共著はそれぞれの思いをこめた追悼歌を収めている。身辺では山川登美子が三十七年四月に上京、歌集の巻頭に「鉄幹・晶子共著」と記して、三人の複雑な内面を象徴することになった。

「明星」三十七年一月号では上田敏が西欧象徴詩の本格的な紹介をはじめ、青木繁の「海の幸」と藤島武二の「天平の面影」、美術と文芸の交響を誌上に実現するなど成熟の頂点に向かっていた。「毒草」に、鉄幹は連作叙事詩「源九郎義経」を、晶子は長詩、俳句、美文などを掲載し、一挙にジャンルをひろげた。

あらぬを忌みあらぬを妬むものおそれ才なるものの病なるべき
火ならねばなに燃えしめむ地のひとりをただたひらかに守りまつる恋
母こそは何に生きしと知らむ日の汝が頬おもへばうつくしきかな

『恋衣』（晶子・山川登美子・増田雅子合著）

初版（明38・1・1）、2版（明38・2）、3版（明38・10）／本郷書院／三六判仮紙装／定価40銭／晶子50頁分／晶子148首（詩6）、登美子131首、雅子113首／装幀・挿絵　中沢弘光／巻頭「詩人薄田泣菫の君に捧げまつる」

＊＊＊

「明星」前半（明38頃まで）は主宰者である鉄幹・晶子の大恋愛を軸とした恋の季節で、関西出身の女流歌人の競作、競艶が美術、文芸のロマン的感情革命の中心的役割を荷なった。晶子は「白萩」、登美子は「白百合」、増田雅子は「白梅」、玉野花子は「白菫」と呼び交わし、文芸サロンの花として世評を呼んだのである。『恋衣』の登美子は「沈痛哀怨の調」を帯び、雅子の「みをつくし」は「落付きのある円熟した格調」に特色があり、晶子の「曙染」は「一種おごそかな感じ」と評された。「明星」は『恋衣』を広告して、「世を挙げて功利に趨《はし》る風潮の中、三女史の詩業は「人間の栄誉、身命、まことに茲に在る」と書いて戦時色の風潮を刺激し、そのために登美子、雅子は日本女子大学から停学処分を受けた。

歌よみて罪せられきと光ある今の世をみよ後の千とせに（登）
春うたふ小鳥追ひ打つ世と知らずあこがれ出でし花の木づたひ（雅）
春曙抄に伊勢をかさねてかさ足らぬ枕はやがてくづれけるかな（晶）
わが愛づる小鳥うたふに笑み見せぬ人やとそむき又おもひ出づ（晶）

『舞姫』

初版（明39・1・1）、2版（明39・3・3）、3版（明39・3・10）、4版（明44・10）／如山堂書店／三六判布装／定価70銭／152頁／302首／装幀・挿画　中沢弘光／巻頭「西の京三本樹のお愛様にこのひと巻をまゐらせ候（あき）」

＊＊＊

歌集の広告文に「従来の豊麗と奔放とに、近頃更に一味の沈痛と一味の洒脱」とを加えた新調も円熟したとある。『みだれ髪』の官能と奔放とに自信と洗練された感覚表現の技巧、歌柄の大きさとを加味して、二十代の最後を飾る歌集となっている。ロマン的情調の高揚の内面的な契機として、明治三十七年四月に若狭から上京して日本女子大学に入学した山川登美子との競作の復活と、鉄幹と登美子の関係への妬みの感情の屈折がある。

うたたねの夢路に人の逢ひにこし蓮歩のあとを思ふ雨かな
かざしたる牡丹火となり海燃えぬ思ひみだるる人の子の夢
春雨やわがおち髪を巣にあみてそだちし雛の鶯の啼く
遠つあふみ大河ながるる国なかば菜の花さきぬ富士のあなたに
相人よ愛欲せちに面痩せて美くしき子に善きことを言へ
君かへらぬこの家ひと夜に寺とせよ紅梅どもは根こじて放れ
行水や柿の花ちる井のはたの盥にしろき児をほめられぬ
舞の手を師のほめたりと紺暖簾入りて母見し日もわすれめや
頰の寒き涙つたふに言葉のみ華やぐ人を忘れたまふな
半身にうすくれなゐの羅のころもまとひて月見ると言へ

『夢之華』

初版（明39・9・5）／金尾文淵堂／新四六判布装／定価80銭／155頁／307首／装幀画　杉浦朝武、挿画　中沢弘光／巻頭「浪華なる小林政治の君に捧ぐ」

＊＊＊

『舞姫』と同じ年に刊行され、装幀、歌数なども類似しているので姉妹篇との指摘もある。広告文に「『乱《ママ》れ髪』の奇矯熱烈『舞姫』の豊麗典雅」に対して、この歌集には「冷艶素香」ともいうべき詩境があるという。熱烈な恋愛の季節を遠くに眺める自身の落莫とした心境をコントロールすることのできない内面の混冥と、古典的な典雅な世界に自己の魂の平安と内面の再建を静視する動向とが際立った様相を示すものとなっている。

おそろしき恋ざめごころ何を見るわが眼とらへむ牢舎はなきや
御目ざめの鐘は知恩院聖護院いでて見たまへむらさきの水
夜のまくら赤き珊瑚にむら雨のふるとしきかば帰りこよ君
尼寺は藤に鐘つく春の朝素湯やまゐらむ男まろうど
春の寺弥勒婆羅門盤若の画小院だちかくや百間の壁
戸をくれば廚の水にありあけのうす月さしぬ山ざくら花
くらやみの底つ岩根をつたひゆく水のおとして寝ね得ぬ枕
かたりつつ呪文のやうに指ふりぬ膝枕く玉の御額のうへに
空ぐるま轅をおろす音なしに似たるさびしき終なるべし
若き鳥上り羽のして大ぞらを見る目に似たりわがはらからよ

『常夏』

初版（明41・7・10）／大倉書店／新四六判布装／定価記載なし／188頁／374首／装幀画　中沢弘光、挿絵　中沢弘光・岡田三郎助、他著者肖像一葉／巻頭「馬場孤蝶の君に捧ぐ」

＊＊＊

八年に及んだ「明星」の時代は『みだれ髪』から『常夏』にいたる時代でもあった。『常夏』はいわば「明星」時代をしめくくる歌集である。歌境は『夢之華』の延長であり、同時に北原白秋、吉井勇、木下杢太郎ら有力新人の連袂脱退の背後に動いた自然主義思潮の台頭とロマン主義の退潮が微妙に内面に影を落とすものとなっている。『夢之華』の落莫感を静かに内面に受け止める心の姿勢が叙景歌にかたちを現わしはじめている。

ある宵のあさましかりしふしどころ思ひぞいづる馬追啼けば
花鎮祭につづき夏はきぬ恋しづめよとみそぎしてまし
むらさきの蝶夜の夢にとびかひぬふるさとにちる藤の見えけむ
これ天馬うち見るところ鈍の馬埴馬のごときをかしさなれど
銭さしに十文ばかり鳥目をさせるとゆきぬ秋風の路
歌よむと外法づかひをいむごとく云ひける兄のけふもこひしき
おん胸の寸土をたまへ花うゑてめでむと云ふに外ならねども
しろ銀の魚鱗の上に富士ありぬ相模の春の月のぼる時
磯の道綱につながる一列のはだか男たちに秋の風ふく
みづうみの底より生ふる杉むらにひぐらしなきぬ箱根路くれば

『佐保姫』

初版（明42・5・16）、2版（明44・12）／日吉丸書房／四六判布装／定価1円／258頁／514首／装幀画　和田英作、挿絵　和田英作・和田三造／巻頭「故山川登美子の君に捧げまつる」

＊＊＊

「明星」終刊後のはじめての歌集。前月（明42・4）、三十歳で死去した山川登美子への献辞をしるし、集中十三首の哀悼歌を収めるが、若くしてこの世を去った歌友に差し向けられた感情は、夫の女弟子に対する特別な親しみへの嫉妬心によって屈折する自身の内面を〈野ざらし〉にして、この歌集をきわめて陰影深い内面劇を示すものとしている。そうして病めるがごとき神経の苦しみから逃れ出ようとする情動が、奇妙な大小の夢を結んで心象風景を織り出している。

撥に似しもの胸に来てかきたたきかきみだすこそくるしかりけれ
髪あまた蛇頭する面ふり君にもの云ふわれならなくに
石の階一つ一つに沓すりて上れと云ふや羽ある人に
秋立つや鶏頭の花二三本まじる草生に蛇うつ翁
一はしの布につつむを覚えける米としら菜とからさけをわれ
月見草花のしをれし原行けば日のなきがらを踏むここちする
おどけたる一寸法師舞ひいでよ秋の夕のてのひらの上
百ばかり鯨ならべる夢を見しその海のさまおもへるといふ
背とわれと死にたる人と三人して甕の中に封じつること
文のから君の心をいと多くたくはへつると涙こぼれぬ

『春泥集』

初版（明44・1・23）／金尾文淵堂／四六判布装／定価1円／206頁／613首（1首重複）／装幀画　藤島武二、挿絵　中沢弘光／巻頭　上田敏「春泥集のはじめに」

＊＊＊

第九歌集に、単独歌集としてははじめて序文がつけられ、『みだれ髪』にいちはやく折り紙をつけて歌人晶子を世に押し出した上田敏がこれに応じて執筆した。上田敏は晶子の感情表現の豊富と「男女両性を兼ねて」、性の埒外を窺う点に、紫式部、清少納言、赤染衛門に比して劣ることのない天分を見る、としている。

夫婦相剋のテーマは『佐保姫』の延長とも見られるが、空漠とした内面は次第に鎮まりを見せて、生活上の苦しみと伴侶との確執を精神の糧ともして、一人の人間としての内面の凝視と、魂の平安を求める一筋の光が内面世界に動く気配がある。

一人はなほよしものを思へるが二人あるより悲しきはなし
楽はつねに変ると云ふ如く桃いろの衣上じろみつつ
この人は何によらまし書きなれし手して歌かく君によらまし
大鏡ひとつある間に初秋のあかつきの風しのびきたりぬ
落椿くちたる庭は猫の声よりきたるごとたそがれとなる
わが背子は世の嘲りを聞くたびに筆をば擱きて物をおもへる
わが知らぬ君がむつごとわが胸に浮びくるたび牡丹おとしぬ
うしろより危しと云ふ老のわれ走らむとするいと若きわれ
むらさきの袖振る子等をわが著たる心地に眺む初春の街
春の日となりて暮れまし緑金の孔雀の羽となりて散らまし

『青海波』

初版（明45・1・23）、2版（大2・3）、縮刷版初版（大2・2）、2版（大4・5）、3版（大7・1）、4版（大7・4）／有朋館／四六判布装／定価1円／180頁／535首／巻頭「A mon Mari Bien-aime」

＊＊＊

前歌集刊行の翌月（明44・2）の出産は難産で、双生児の一女は死産であった。この年の七月に第一感想集『一隅より』を刊行し、新しい文芸分野への強い意欲を示すと共に、夫婦関係の新生を希って夫の渡欧資金作りなど身辺多忙であった。社会的には「大逆」事件、「青鞜」の創刊、新文芸への政府の圧迫など動揺激しく、『青海波』の抒情と主題は『春泥集』を引き継ぎながら、内面的経験に時事、思想が厚みを加えてかたちを際立たせたのが特色である。大きな視野で眺めれば、この歌集によって『みだれ髪』の歌風の一つの区切りになった。

美くしく黄金を塗れる塔に居て十とせさめざる夢の人われ
六枚の障子の破れ目あちこちに人の覗ける山ざくら花
男行くわれ捨て丶行く巴里へ行く悲しむ如くかなしまぬ如く
わが太郎色鉛筆の短きを二つ三つ持ち雪を見るかな
産屋なるわが枕辺に白く立つ大逆囚の十二の柩
寛弘の女房達に値すとしばしば聞けばそれもうとまし
流俗とたたかひ番ふ日とならばこの超人とともに勝たまし
狂ほしく黒髪をもて絡みたる心の巣より紅き鳥啼く
紙を切る細き刃物も何となくすさまじきかな夜を一人居て
うちそひて巴里のあたりの旅人と呼ばれましかばあらめ生がひ

『夏より秋へ』

初版（大3・1・1）／金尾文淵堂／四六判紙装／定価1円80銭／579頁（上中下巻合わせて）／767首（詩102）、上中巻に短歌、下巻に詩篇／装幀・カット・挿画　藤島武二／付録　著者習作二画

＊＊＊

歌集の大半はヨーロッパ訪問をはさむ明治四十五年一月から大正二年秋の作。

「血ぞもゆる」「春を行く人」と『みだれ髪』に謳い上げた歌人もすでに三十代半ばである。歌壇の中に居場所を喪ってしまった鉄幹の表現者としての焦燥と、自身の肉体も盛期をすぎ、二人の間に結ばれていた絆の深刻な裂け目が縫合する術もなく進行して前歌集の主調を継承する。この歌集では内面の表象が〈夢〉に依っていて、事態がより深層で進行する相を示して迫真性が増している。しかし一方で、人間的相剋の経験から〈恋愛〉が自身の創造のエネルギー源であったとする自覚を明確に呼び出したこともあって、表現者晶子の内面に大きな変動の発見を暗示するものになっている。大正期最初の重みを持つ歌集である。

琴の音に巨鐘のおとのうちまじるこの怪しさも胸のひびきぞ
朝となり焔の夢を見る人も青き閨よりよろめきて立つ
死ぬ夢と刺したる夢と逢ふ夢とこれことごとく君に関る
われは憂し生まれながらにまぼろしをうちともなへる眼と思ふかな
わが歌は皐月におつる雹ならん時をわすれてさむき音かな

『さくら草』

初版（大4・3・1）、2版（大4・4）、3版（大4・7）／東雲堂書店／三六判変形布装／定価1円／352頁／421首（詩34）／装幀・口絵　有島生馬

＊＊＊

前歌集以後の身辺上の大きな出来事は、この年（大3）十二月夫婦衝突の末鉄幹が家出をしたことである。馬場孤蝶らのとりなしで大晦日の日に夫は帰宅した。ヨーロッパ留学の土産として紀行文集『巴里より』を共著で刊行したが、『毒草』以来実に十年ぶりの共著であった。鉄幹は続いて訳詩集『リラの花』を著して詩壇復帰を企てたが、詩壇の黙殺に遭った。晶子は大正四年一月から「太陽」の〈婦人界評論〉を担当して評論壇の脚光を浴びることになった。鉄幹と晶子の心は「百億万里」に隔てられる傷が深まっていたのである。身内の悲しみは堪えがたく、しかしロダンに命名してもらったアウギュストら子供の成長は淋しい心に暖色を与えるものであった。詩篇冒頭に「アウギュストの一撃」を置いて、茫漠たる内面に一条の光を送り込んでいる。

折ふしは他界を覗き折ふしは紅友染となれるたましひ
四月来ぬ紺のはんてん着るつばめ憎きことなど云ひそなつばめ
面白や傷のある木もその傷をまるくつつみて冬に逆ふ
君の手にとざされたりし死の門のあな少し開くいかにしてまし
みづからの灰より更に飛び出づる不死鳥などを引かまほしけれ

『朱葉集』

初版（大5・1・2）／金尾文淵堂／四六判紙装／定価1円／267頁／532首／装幀　津田青楓、画　中沢弘光／巻末与謝野宅短歌規定

＊＊＊

著者の広告文に、「みづから不断の夏のやうに思って居る私の内部生活も外界の冬に遭へば忽ち色を失ふかも知れません。読者は之に対して、南島から移植せられた猩紅木の真赤な葉を、雪の降る日、温室の玻璃越しに窺ふの観をせられたい」と書いている。自身の「内部生活」への危機感を暗示したものとして注目される。

大正四年三月、鉄幹は衆議院選挙に立候補して落選。この夏妻へ十余年来の「懺悔」をして奈落へ落し、この後、熊野、勝浦方面へ伴っている。「秋の女」「秋の閨」など秋の物思いの歌が前半に続き、「懺悔」によって新生を企てる男と、「十世生きても」救われることのない女の心境との間のミゾが歌われる。前歌集の沈滞がさらに深い闇に向かってずり落ちてゆく内相が描かれる。巻末に明治天皇の崩御をパリで哀悼した歌を引き、そうして大正天皇の即位（大4・11）を寿ぐ歌を配して、内面の沈愁に清朗な気分を引き込んでいる。

この君に初恋の子と思はれて抱かるること混るならぬか
歓楽に次ぐ何物を見たりけむ地獄ならずばよしとせよかし
金の戸もしろがねの戸も玉の戸も鎖せば柩となりぬわが家
さばかりにはづかしめられ侮られおとしめられて後懺悔きく
いつまでか抗う力あるならん気を高くもち弱き身をもち

『舞ごろも』

初版（大5・5・30）、3版（大7・6）、4版（大10・2）／天弦堂／三六判変形紙装／定価1円／275頁／172首（詩58）／装幀　橋口五葉／巻頭「『舞ごろも』の初めに」（自序）

＊＊＊

大正五年はどの年にもまして多くの著作を刊行した年である。小説『明るみへ』、歌集二冊、感想集二冊と『短歌三百講』、古典新訳二冊など。

『舞ごろも』は詩篇が三分の二を占め、自序にも「此集の詩がわたくしの生活の全的表現」であり、これでもって「人生解放の公会に馳せ交じる一人の新しい踊子」でありたい、と述べている。詩集篇には「第一の陣痛」やパリの思い出の詩があり、「駄獣の群」のような厳しい社会批判の詩があり、直前に刊行した『人及び女として』にも「自我」が「人類我」の境にまで開きつつある、と述べるなど、歌集の平穏と対照的である。歌には病床詠があり、旅に出た夫の帰りを待つ淋しい心境詠があり、毎年の正月詠があって、日常の変化のない様子が坦々と歌われる。外に向く目の激しさと日常の平穏のちぐはぐな取り合せにこの時期の不安定な内面の動向があらわにされる。

かたはらに秤を持てる女居て昔と今の目のみかぞえる
風となり雲となりはた水となる自在を得べきわがいく日後
なほ七日君かへらずと灯にかこち机に語りわびしらに居ぬ
太陽のもとに物みな汗かきて力を出だす若き六月
みづからを支ふる力はしけやし夏の木立の如くあらまし

『晶子新集』

初版（大6・2・5）／阿蘭陀書房／三六判変形布装／定価85銭／206頁／410首／装幀　藤島武二

＊＊＊

心境の上では『朱葉集』を底にして次の『舞ごろも』で少し浮上の気配をつかんだが、この歌集ではまた『さくら草』のところにまで戻ってしまった感がある。

人を憎むにしても、愛するにしても、内面から押し上げてくるある種のちからがなくてはならないのであるが、底割れした頼りなさが内面を覆っている状態である。人と人との間にも、人と自然との間にも薄ものを隔てた感じだけがある。夏の季節の強い日射しや、秋風の透明な緊張などは希薄である。大正五年七月の上田敏の急逝ほど晶子を「失望」のどん底に落とす〈事件〉はなかった。「不朽な御名の前の堆い花環の片端に、わたくしのやうな小草の花の一朶が泣き萎れて居る」と、悲痛な心を霊前に告げている。何かしら〈大きな値あるもの〉が内部で崩落してゆく様相がこの歌集に縮図される。前年の、毎月二、三百もの原稿執筆や四、五千首に上る歌の選など、狂気のような生活の後の虚脱の跡であろうか。

憎むにも妨げ多きここちしぬわりなき恋をしたるものかな
浴みすとうすものを脱ぐ人のごと白罌栗見ゆれ落つる時にも
わが前にむしろを被たる白き馬引かれてぞ来し秋のさびしさ
亡き博士仄かにものを言ひ給ふけはひを覚ゆ居ても立ちても
わが日記稀にまことのことも書く底なき洞を覗くなりなど

『火の鳥』

初版（大8・8・15）、2版（大11・3）／金尾文淵堂／三六判布装／定価1円60銭／280頁／559首／装幀・挿絵　中沢弘光／巻頭「河崎夏子の君に捧ぐ」／巻末　与謝野寛「『火の鳥』に就て」

＊＊＊

新作歌集としては二年半ぶりである。この間、創作の意欲が衰えていたのではない。二冊の自選歌集、三冊目となった童話集『行つて参ります』、感想集は四冊も刊行していた。ながく歌によって研ぎ澄まされた感覚と自己凝視の深まりが、あらゆるジャンルへ向けて開花しつつ、次なる表現へと自己を押しひろげつつあったのである。晶子は、われわれの生活は美しい線と色と奥行とを備えた千変万化の世界の只中に在って、芸術はそうした「真実の力」をわれわれに開示するものである、と力強く語っている。『火の鳥』は愛と理性と勇気の結晶体である。寛は跋文に「フエニクスは埃及伝説の雷鳥なり」「太陽の神火に由つて自ら焚き、直ちにその灰の中より新しき鳥となりて飛騰す」とその由来を説いて、新歌集の「永生不滅の象徴」を讃美した。

後の世を無しとする身もこの世にてまたあり得ざる幻を描く
書きちらす歌のここちに桜散り世に好色者の春老いて行く
物云へば今も昔も淋しげに見らるる人の抱く火の鳥
末の子はうすくれなゐに紫を重ねて箱の底に眠れる
ああロダン君は不思議のカテドラル巨大の姿よろず代に立つ

『太陽と薔薇』

初版（大10・1・10）／アルス／四六判布装函入／定価2円50銭／276頁／550首／装幀　山本鼎、挿画　晶子／巻頭「巴里にある平野万里氏に捧ぐ」、自序

＊＊＊

薔薇の花はロダンを想い出す花として特別のイメージを伴っている。ロダンは偉大なる愛をこの地上に実現した「人間の大木」であり、ロダン夫人から贈られた薔薇の花はパリ土産として持ち帰って、夫のすすめで自宅の庭の木の土になった。歌集には箱根、伊香保、茅ヶ崎、信州など近場の保養地をめぐって、浴泉の人として、春の月、秋の空、虫の音の中に含まれる自身の姿を眺める歌があり、旅情のうちに相人との絆の自然な実感の喜びがあり、これまでには得られなかったしみじみとした心の歌が歌集にひろげられている。装幀をした山本鼎にすすめられて、晶子の描いた「自由画」である菊の絵を三色版として巻頭に飾っているが、自序に「内から自然に湧き上る熾烈な実感の嬉しさ」が歌になる、その自分の歌は「素人の歌、子供の自由画として動揺して居る」と述べて、〈実感〉によって不断に充実する内面と表現に強い自信を示している。

恋の塵つもりゆくなる人の子が泉を浴びに入りし山かな
身の中の緑のこころ帰り入る榛の林と思ひけるかな
浜に出て踏めばほのかに砂の云ふ恋人のごと君に順ふ
太陽の新しきをば得んと云ひ狂人は泣くわれもまた泣く
心より焔の立ちぬ薔薇の香のかたはらにある春の日の人

『草の夢』

初版（大11・9・20）／日本評論社出版部／四六判紙装函入／定価2円／259頁／517首／装幀　広川松五郎、彫刻　伊上凡骨／巻頭「森林太郎先生に捧ぐ」、平野万里「序文」

＊＊＊

前歌集以後の大きな出来事は第二次「明星」が創刊号を出したことである。官省の欧米出張から帰国した平野万里は新詩社に復帰し、序文を求められて、この中で信州沓掛への旅を共にした折りに、「旅行をしながら眼前にある風物を歌ふといふ様なことが出来ることと思つてゐなかった。それを先生夫妻がどしどしあるが儘に歌はれるので驚いてしまった。」と述べている。晶子は四半世紀に及んだ歌作りについて『晶子歌話』に語っていて、「特殊な自然の景色から促されて生じた作者の感動」を「客観的記述の歌」にしないためには「感動の象徴」化が必要であると語っている。「眼前の風物」を「あるが儘」に歌って象徴表現になるのは、長い主観の修練によって表現自在の翼を我物にしてしまったことを物語っているのである。

劫初より作りいとなむ殿堂にわれも黄金の釘一つ打つ
夏草を盗人のごと憎めどもその主人より丈高くなる
山涼し馬を雇はん価をばもろともに聞く初秋の月
湯口より遠く引かれて温泉は女の熱を失ひしかな
椿ただくづれて落ちん一瞬をよろこびとして枝に動かず

『流星の道』

初版（大13・5・15）／新潮社／四六判紙装／定価2円20銭／304頁、付録18頁／598首／装幀図案　中川紀元、彫刻伊上凡骨／巻頭「高村光太郎に捧ぐ」、自序／巻末　附録「詩歌の本質」、「自分の歌に就て」（18頁）

＊＊＊

自序に「大正十一年六月以後満一年間の自作」を編んだとあり、「私は去年の大震に死を免れ、また此春の病気からも回復しましたが、以前から短命の予感される私は、かう云ふ風に歌ふ時がもう幾度も無い気がします。」と述べている。関東大震災の詠は次歌集に入れられるのであるが、歌集巻末の「絵巻のために」として付せられた「源氏物語」の五十四首と「平家物語」をテーマとする連作は、文化学院と共に灰燼となった「源氏物語」の新訳稿数千枚への追悼の記念である。さらには大正十一年七月に逝去した鉄幹・晶子の精神的巨柱森鷗外の追悼の歌集でもある。『流星の道』は寛五十歳の賀の歌も含まれていて、『草の夢』以前の歌集と画する新しい情調の世界へ踏み入っている印象を与える。

御空より半はつづく明きみち半はくらき流星のみち
花売の媼が前の広庭をゆききするまで消えぬ明星
百歳をしてはて給ふ日なりとも慰むべしと思はれぬかな
わが住める門の口をばうかがひし落葉なりけん積れるものは
きさらぎの末の六日に賀をまゐる椿の花を杯として

『瑠璃光』

初版（大14・1・10）／アルス／四六判紙装／定価1円80銭／180頁／529首（詩10）／装幀図案　山本鼎／巻頭「木下杢太郎様に捧ぐ」、「鏡中小景（詩十章、自序に代へて）」

＊＊＊

跋文に「大正十二年七月より十三年七月に至る一年間の自作からこの一巻を撰びました。此間に富士山麓の湖水に遊び、また南信濃の旅をもし、稀有な大地震にも遭ひました。」と記している。自然観照の基調は前歌集の継続であるが、歌集の頂点は大正十二年六月九日に雑誌記者波多野秋子と軽井沢の別荘で心中した有島武郎への哀悼歌と、同年九月の大震災の体験にある。とくに有島の死は深刻で、「それ以来、悲しさに沈んだ心は妻も私も今日までまだ回復せずにゐる」と鉄幹が語っている。師鷗外を喪って一年を経ての悲しみであった。歌集の自序としての詩「鏡中小景」は、「熱し切つた意志」の表象としての〈夏〉の讃美を響かせて、歌集前半の重い情調と対照させているのである。歌集後半の平板は虚脱感の深さを示すものでもある。流転する「人間生活の真相」（『砂に書く』）が歌に表現された。

ひなげしは夢の中にて身を散らすわれは夢をば失ひて散る
君亡くて悲しと云ふを少し越え苦しと云はば人怪しまん
とこしへの別れと知らず会場のロオランサンの絵の方に来し
傷負ひし人と柩が絶間なく前わたりする悪夢の二日
十余年わが書きためし草稿の跡あるべしや学院の灰

『心の遠景』

初版（昭３・６・15）／日本評論社／四六判紙装／定価２円20銭／３７４頁／１４９４首／装幀　木下杢太郎、彫刻　伊上凡骨／巻頭「巴里に在る有嶋生馬先生に捧ぐ」、自序

＊＊＊

収録歌数は生前歌集中最多で、また単独歌集としては最後となった。前歌集から三年半の期間は前例になかったし、晶子は五十歳の人生の節目を十分に意識していたしるしがある。大正期の前半は相次いで恵まれた子供の生命の季節であったが、森鷗外、有島武郎、そうしてこの歌集刊行を待っていた若き友人芥川龍之介の死と、滅びゆく生命の季節がこの後に待機していた。

「大正デモクラシー」と命名されたこの国の近代にはじめて訪れた桃色の時代も、党派の荒々しい喧噪のうちに早くも色褪せながら昭和に入って消滅した。晶子は自身の精神の遠い根源を求めて、寛と共に『日本古典全集』の刊行とライフワークともなった新訳『源氏物語』に再スタートを切っていた。子供の卒業と結婚も静かな感動のうちにあった。生活が安定し、夫や友人達を短い旅に誘い出して、透明度の高い旅の歌が多く詠まれた。内面の充実が完成度の高い象徴歌を生み、歌集に結晶した。

わが倚るはすべて人語の聞えこぬところに立てる白樺にして
年月も生死の線もその中におかぬ夢とてあはれなりけれ
高き木も大厦もわれを仰ぎ見る物見の台のあたたかきかな
北郊の灯とむらぎえの夜の雪を田端の台の上に見るかな
隣なる白き椿の不思議をば解くすべ知らぬ紅椿かな

『霧島の歌』（寛・晶子合著）

初版（昭４・12・20）／改造社／四六判紙装／定価１円80銭／２３２頁／晶子３５０首／巻頭　晶子自序、寛・晶子筆跡、写真23葉

＊＊＊

鹿児島の地は晶子の初旅であった。昭和四年七月下旬から八月中旬の二十日余の旅は知友の招待で、同県人で改造社の山本実彦が案内をつとめ、近県の同人たちも加わって各地で歌会が催された。この地は鉄幹の少年のとき、西本願寺の布教のため父に連れられて二年余りを過ごした思い出の土地であった。霧島の印象は深く、高千穂の天孫降臨の神話的世界は都塵の現実感から遊離する心洗われる日々であったし、夫の父の知友との再会は夫婦の旅をひととき和らいだ心境に誘っていた。

大君の薩摩の国に龍王のみやこつづくと見ゆる海かな
霧島の山踏みをして仙女さび大方すてつわが願ふこと

『満蒙遊記』附　満蒙の歌（寛・晶子合著）

初版（昭５・５・17）／大阪屋号書店／四六判布装函入／定価２円／３４４頁／晶子２２４首（紀行文）／装幀　正宗得三郎／巻頭　寛「満蒙遊記の初めに」、写真48葉

＊＊＊

南満州鉄道が教育者、学者、芸術家を現地招待した旅行の一環として昭和三年五月から六月にかけて四十余日旅行。大連では小日山直登（満鉄理事、同人）の主催で歌会。

われも立ち士の列伝を説くも立つ旅順の山の二百三尺
大路なる絲《し》房に見たる軽羅をば掛けてなびけるアカシヤの枝

『白桜集』(没後刊行)

初版(昭17・9・5)/改造社/四六判紙装/定価2円50銭/351頁/2423首/巻頭　著者病床スケッチ(石井柏亭)、著者筆跡、高村光太郎、有島生馬「序」/巻末　平野万里「跋」

＊　＊　＊

編輯した平野万里は五千余首の遺稿を半分に撰歌する困難を「思想感情の動き愈繁く、表現法も愈洗練せられ」て一首も棄てることはできなかったと心中を記している。

集中、「寝園」五十六首は寛の死後五七日にあたって寄せられた漢学者吉田増蔵の漢詩を一字ずつ詠みこんだ連作で技法も見事である。「寝園」の世界は盛りの枝から真珠貝のごとき光を放って零れてゆく桜花の淋しい美しさを湛えて、歌集中の白眉である。

夫の亡きあと、友人たちに誘われてゆく旅の折々にも、山の湯に夫の脱いだ衣のない寂しさを味わい、良寛の足跡をめぐる旅の宿で、「よさのひろし」と書く心にも、愛する人の面影をひろう旅の歌にもあはれは深い。高村光太郎は序に、「女史の歌といへば初期青春時代のものばかりを見出す如きは鑑賞者の怠慢である」と述べている。傾聴すべき。

筆硯煙草を子等は棺に入る名のりがたかり我れを愛できと
神田より四時間のちに帰るさへ君待ちわびきわれはとこしへ
本場所に勝をつづくる角力ゐてわが脚腰の立たぬ春かな
わが上に残れる月日一瞬によし替へんとも君生きて来よ
明方の光に我れのながむるはロオランサンの貴なる梅花

(書誌担当　美濃千鶴)

与謝野寛・晶子略年譜——交友とその時代

寛は、一八七三年（明6）二月二十六日、京都市岡崎の西本願寺支院願成寺に生まれた。父礼厳は住職で歌人、勤皇の志が厚く、施病院を創設するなど社会的活動にも熱心だった。「与謝野」は礼厳の立てた新姓。母初枝。寛の名付け親は太田垣蓮月尼。異母兄（響天）と三人の兄（大円、照幢、巌）がおり、のち弟（修）と妹（静）が生まれる。五歳の年より四書五経などの素読を受ける。父の関わった公共事業の負債のため願成寺は競売にかけられ、一家は礼厳の知人の家で間借り生活を余儀なくされる。やがて開拓布教僧として赴任した父に随って、七歳から九歳までを鹿児島で過ごす。十二歳のとき、「梅花を愛するに由りて」鉄幹と号する。「神童」と評判されるが、京都へ帰ってからも養子先を転々とし、岡山の長兄を頼って寄寓するような日が続いた。父の命によって十七歳で得度、大谷光尊より礼譲の法号を受ける。仲兄の経営する山口県徳山女学校の教員生活を経て、十九歳のとき「東京に出でて苦学せよ」との母の言葉に上洛。落合直文の門下に加わる。

晶子は、一八七八年（明11）十二月七日、堺市の和菓子商駿河屋の三女として生まれた。本名鳳志よう。父宗七、母津祢。二人の異母姉（輝、花奈）と兄（秀太郎）がおり、のち弟（籌三郎）と妹（里）が生まれる。十一歳の頃から、結婚した姉に代わって学校（堺女学校）の合い間に店の帳場に出る。父の蔵書『源氏物語』などに親しみ始めた。明治三十一年「読売新聞」紙上で与謝野鉄幹（寛）の歌を目にして「何とも知れぬ新しい気に打たれ」る。

※『 』は単行本、「 」は雑誌・作品名、（ ）は月、ただし雑誌は発表の月号

西暦	元号	年齢 寛	年齢 晶子	生活	歌をめぐる動き・同人らの動向・社会の出来事など
一八八七	明20	14	9		徳富蘇峰、民友社を設立、「国民之友」創刊(2)
一八八九	22	16	11		大日本帝国憲法発布(2) 森鷗外、落合直文ら訳『於母影』(8)「志がらみ草紙」創刊(10)

一八九二	25	19	14	寛「鳳雛」を刊行。落合直文、北村透谷の文章を載せるが一号でおわる。森鷗外、井上哲次郎、大町桂月を知る。	鷗外訳「即興詩人」(11～27・8)
一八九三	26	20	15	直文「あさ香社」設立(2)。寛、直文の厚情により直文宅に寄寓する。直文、鮎貝槐園(直文の弟)と寛の合著『騎馬旅行』(7)。寛、「二六新報」記者となる(11)。	「文学界」創刊(1)
一八九四	27	21	16	寛、歌論「亡国の音」(5)。	北村透谷死去、二十五歳(5) ＊ 日清戦争始まる(8)
一八九五	28	22	17	寛、「二六新報」を辞し、韓国へ渡る。鮎貝槐園が経営する乙未義塾の教員となる。「閔妃事件」(10)に関わって広島へ送還される。	「太陽」創刊(1) 「帝国文学」創刊(1) 「文庫」(「少年文庫」改題)創刊(8)
一八九六	29	23	18	寛、再度渡韓するが、直文に招き返されて明治書院の編集部主任となり、跡見女学校の国語科講師も務める。寛、詩歌集『東西南北』(7)。寛の母死去、五十八歳(9)。	「めさまし草」創刊(1) 黒田清輝、藤島武二、和田英作ら「白馬会」結成(6)
一八九七	30	24	19	寛、詩歌集『天地玄黄』(1)。洋行の費用を作るため三度目の渡韓をするが事業は失敗。	「よしあし草」創刊(7) 島崎藤村『若菜集』(8)
一八九八	31	25	20	寛の父死去、七十六歳(8)。河井酔茗ら浪華青年文学会(のちの関西青年文学会)堺支会を結成(12)。	正岡子規「歌よみに与ふる書」(2～3) 佐佐木信綱「心の花」創刊(2) 「いかづち会」結成(6)
一八九九	32	26	21	寛、「思想的に懊悩」して京都嵯峨天竜寺の峨山禅師の警策を受ける。浅田サタとの間に一女が生まれるが、四十日足らずで早逝。晶子、関西青年文学会堺支部に入会。寛、「よしあし草」の和歌欄選者となる(3)。東京新詩社創立(11)。	子規「根岸短歌会」を結成(3) 薄田泣菫『暮笛集』(11)
一九〇〇	33	27	22	寛、「文庫」の和歌欄選者となる(3～11)。寛、「明星」創刊(4)。晶子、新詩社社友となる(5)。大阪に来た寛と晶子、初めて出会う(8)。寛、林タキノとの間に萃(あつむ)をもうける(9)。寛、「明星」に「子規子に与ふ」を載せ、鉄幹子規不可併称説の因となる。「明星」裸体画掲載で発禁(11)。	「この花会」結成(2)
一九〇一	34	28	23	文壇照魔鏡事件(3)。寛、詩歌文集『鉄幹子』(3)、詩歌集『紫』(4)。晶子、歌集『みだれ髪』(8)。寛、蒲原有明と合同詩集『片袖』(9)。寛と晶子結婚(10)。画家一条成美、窪田空穂、水野葉舟が新詩社を退社。	金子薫園『かたわれ月』(1) 青山霞村、西出朝風が口語短歌を発表

一九〇二	35	29	24	長男光生まれる(11)。寛、詩歌文集『うもれ木』(12)。	子規『病牀六尺』(5〜9) 子規死去、三十六歳(9)
一九〇三	36	30	25	晶子の父死去、五十六歳(9)。落合直文死去、四十二歳(12)。相馬御風ら新詩社を退社。	伊藤左千夫「馬酔木」創刊(6) 佐佐木信綱『思草』(10) 「白百合」創刊(11)
一九〇四	37	31	26	晶子、歌集『小扇』(1)。寛と晶子、樋口一葉旧居での一葉会に出席(2)。寛と晶子、共著の詩歌文集『毒草』(5)。寛、『萩の家遺稿』を刊行(5)。以後、年一回の直文の追悼会を続ける。次男秀生まれる(7)。	斎藤緑雨死去、三十七歳(5) 子規『竹の里歌』(11) 尾上柴舟『銀鈴』(11) ＊日露戦争始まる(2)
一九〇五	38	32	27	晶子、山川登美子、増田雅子と合著の詩歌集『恋衣』(1)。寛、「鉄幹」の号を廃する。	「車前草社」結成(4) 窪田空穂『まひる野』(4) 石川啄木『あこがれ』(5) 上田敏訳『海潮音』(10)
一九〇六	39	33	28	晶子、歌集『舞姫』(1)、『夢之華』(9)。	高村光太郎欧米留学(2) 「常磐会」成立(6)
一九〇七	40	34	29	晶子の母死去、五十六歳(2)。長女八峰、次女七瀬生まれる(3)。寛、平野万里、木下杢太郎、北原白秋、吉井勇と共に九州旅行(7)。鷗外による観潮楼歌会始まる(3)。	鷗外『うた日記』(9)
一九〇八	41	35	30	白秋、勇、杢太郎ら新詩社を退社(1)。晶子、歌集『常夏』(7)。「明星」百号にて終刊(11)。寛、薄田泣菫と京都で文学講演会(12)。	「アララギ」創刊(1) 若山牧水『海の声』(7) 「パンの会」結成(12)
一九〇九	42	36	31	三男麟生まれる(3)。四月より自宅で寛と晶子の文学講演会を開く。「常磐樹」創刊(5)。晶子、歌集『佐保姫』(5)。	「スバル」創刊(1) 白秋『邪宗門』(3) 山川登美子死去、二十九歳(4) 光太郎帰国(8) 天佑社創立(10)
一九一〇	43	37	32	三女佐保子生まれる(2)。寛、歌集『相聞』(3)。寛、詩歌文集『檞の葉』(7)。寛編『礼厳法師歌集』(8)。晶子、童話集『おとぎばなし少年少女』(9)。	前田夕暮『収穫』(3) 牧水『別離』(4) 土岐哀果『NAKIWARAI』(4) 「白樺」創刊(4) 「三田文学」創刊(5) 吉井勇『酒ほがひ』(9) 柴舟「短歌滅

					亡私論」(10) 啄木「一利己主義者と友人との対話」(11) 啄木『一握の砂』(12) 石井柏亭、渡欧(12) ＊「大逆」事件検挙始まる(5)
一九一一	44	38	33	晶子、歌集『春泥集』(1)。難産の末、四女宇智子生まれる(2)。寛、ヨーロッパへ旅立つ(11)。渡欧送別会は鷗外、馬場孤蝶ら百五十名が出席。	堀口大学メキシコへ(7) 「青鞜」創刊(9) ＊「大逆」事件判決下る(1)
一九一二	45 大1	39	34	晶子、歌集『青海波』(1)。晶子、『新訳源氏物語』(上田敏・鷗外の序)刊行始まる(2)。晶子、寛を追ってパリへ(5)、二人でロダンに会う(6)。晶子、帰国(10)。	「白樺」展覧会ではじめてロダンの作品紹介(2) 美濃部達吉『憲法講話』(3) 啄木死去、二十六歳(4) 啄木『悲しき玩具』(6) 岡本かの子『かろきねたみ』(12)
一九一三	2	40	35	寛、帰国(1)、詩と翻訳を「三田文学」に発表。四男アウギュスト生まれる(4)。	白秋『桐の花』(1) 牧水『みなかみ』(9) 斎藤茂吉『赤光』(10)
一九一四	3	41	36	晶子、詩歌集『夏より秋へ』(1)。寛と晶子共著の紀行文集『巴里より』(5)。寛、訳詩集『リラの花』(11)。五女エレンヌ生まれる(11)。	平出修死去、三十六歳(3) 「水甕」創刊(4) ＊第一次世界大戦始まる(6)
一九一五	4	42	37	寛と晶子の共著、評釈『和泉式部歌集』(1)。晶子、詩歌集『さくら草』(3)。寛、衆議院選挙に出馬、落選(4)。寛、自選歌集『灰の音』(6)。寛、詩歌集『鴉と雨』(8)。	「潮音」創刊(7) 勇『祇園歌集』(11) ＊中国に二十一ヶ条の要求(1)
一九一六	5	43	38	晶子、歌集『朱葉集』(1)、『短歌三百講』(2)。無痛分娩で五男健生まれる(3)。晶子詩歌集『舞ごろも』(5)。	上田敏死去、四十二歳(7) 木下杢太郎南満医学堂教授として中国へ赴任(9) 光太郎訳『ロダンの言葉』(11) 中村憲吉『林泉集』(11)
一九一七	6	44	39	晶子、歌集『晶子新集』(2)。六男寸生まれるが二日後死去(9)。	「短歌雑誌」創刊(10) ロダン死去、七十七歳(11) ＊ロシア革命(11)

一九一八	7	45	40		川田順『伎芸天』(3) 「歌話会」結成(3) 島木赤彦「写生道」(5~12) 佐藤春夫「田園の憂鬱」(9) ＊米騒動(7) シベリア出兵(8)
一九一九	8	46	41	無痛分娩で六女藤子生まれる(3)。寛、鷗外の推薦により慶応義塾大学教授に就任(4)。晶子、歌集『火の鳥』(8)。	茂吉『童馬漫語』(8) 杢太郎『食後の唄』(12)
一九二〇	9	47	42	西村伊作より文化学院創設の相談を受ける(8)。	茂吉「短歌に於ける写生の説」(4~10・1) 九条武子『金鈴』(6)
一九二一	10	48	43	文化学院創設、寛、晶子共に教鞭をとる(4)。「明星」復刊(11)。晶子、歌集『太陽と薔薇』(1)。	茂吉『あらたま』(1) 三ケ島葭子『吾木香』(2) 杢太郎欧米留学(5) ＊尾崎行雄軍備制限の遊説開始(2)
一九二二	11	49	44	森鷗外死去、六十歳(7)。寛は『鷗外全集』の編集主任となる。以後、命日が同じ上田敏と鷗外を「九日会」として追悼する。晶子、歌集『草の夢』(9)。	「ポトナム」創刊(4) 萩原朔太郎「現歌壇への公開状」(5)
一九二三	12	50	45	寛の五十年誕辰祝賀会が帝国ホテルで催される(2)。寛、正宗得三郎らの古典保存会の会員となる(4)。晶子の源氏物語の訳稿、関東大震災で焼失(9)。	有島武郎死去、四十五歳(6) ＊関東大震災(9)
一九二四	13	51	46	晶子、歌文集『流星の道』(5)。寛、晶子ら尾崎行雄の莫哀山荘を訪ねる(8)。	「日光」創刊(4) 島木赤彦『歌道小見』(5) 杢太郎帰国(9) ＊第二次護憲運動(1)
一九二五	14	52	47	晶子、詩歌集『瑠璃光』(1)。臨時国語調査会の「仮名遣改正案」に寛、晶子、杢太郎ら連名の抗議文を「明星」に掲載(2)。寛、晶子、正宗敦夫と『日本古典全集』編者になる(10)。	茅野蕭々・雅子渡欧(2) 「芸術と自由」創刊(5) 釈迢空『海やまのあひだ』(5) ＊治安維持法公布(4)
一九二六	15 昭1	53	48		杢太郎『支那南北記』(1) 「新短歌協会」結成(1)
一九二七	2	54	49	第二次「明星」終刊(4)。武蔵野の面影残る荻窪に家を建て、采花荘と命名(9)。	芥川龍之介死去、三十五歳(7)

一九二八	3	55	50	満鉄本社の招きにより寛と晶子、満蒙方面を旅行、張作霖爆殺事件に遭遇(5〜6)。晶子、歌集『心の遠景』(6)。	荻野綾子帰国独唱会(1) 九条武子死去、四十二歳(2) 河上肇免官、後任は高田保馬(4) 牧水死去、四十三歳(9) 「無産者歌人連盟」結成(11)
一九二九	4	56	51	晶子、詩集『晶子詩篇全集』(1)。寛、四十六年ぶりに鹿児島の旧居性応寺を訪ねる(8)。『現代日本文学全集』第三十八巻に寛の作品収録(9)。『与謝野寛集・与謝野晶子集』改造社(10)。東京会館で晶子の生誕五十年の祝賀会(12)。寛と晶子共著の歌集『霧島の歌』(12)。	「プロレタリア歌人同盟」結成(7) ＊山本宣治暗殺される、四十歳(3) 世界恐慌始まる(10)
一九三〇	5	57	52	「冬柏」創刊(3)。寛「僅かしかない今後の命を読書と著作」に用いたいと文化学院を辞任(3)。寛と晶子共著の歌文集『満蒙遊記』(5)。	前川佐美雄『植物祭』(7)
一九三一	6	58	53	寛と晶子の旅はこの年最多日数となる。	高田保馬『ふるさと』(5) ＊満州事変起こる(9)
一九三二	7	59	54	寛、慶応義塾大学の教職を辞す(3)。寛と晶子、高野山夏期大学で講演(8)。	「短歌研究」創刊(10) ＊五・一五事件(5)
一九三三	8	60	55	寛の還暦を祝い、東京会館での祝賀会、『与謝野寛短歌集』の刊行、記念展覧会(2)。改造社版『与謝野晶子全集』全十三巻刊行始まる(9)。	金素雲『朝鮮童謡選』(1) 小泉苳三『くさふじ』(4) 吉野作造死去、五十五歳(3) 新居格らナチス焚書に抗議(5) ＊国際連盟脱退(3)
一九三四	9	61	56	晶子、狭心症の発作を起こす(1)。	＊武藤山治狙撃され翌日没、六十八歳(3)
一九三五	10	62	57	二月より風邪気味の寛、三月二十六日肺炎にて死去。六十二歳。文化学院での告別式の後、多磨霊園に埋葬。戒名は冬柏院雋雅清節大居士。	白秋「多磨」創刊(6) ＊美濃部達吉、天皇機関説のため不敬罪で告訴される(4)

　青空のもとに楓のひろがりて君亡き夏の初まれるかな

寛の亡くなったとき、子どもたちはまだ「業成るといはば云ふべき子は三人」の状態であった。晶子はその養育をしながら新詩社の同人や社友と旅に出て歌を詠み、ライフワークである源氏物語の現代語訳に取り組んだ。昭和十二年には脳溢血で一ケ月臥しつつも、『新新訳源氏物語』六巻は、十三年十月より翌年九月にかけて刊行され、十月には刊行を祝う祝賀会が上野精養軒で催された。十五年五月、二度目の脳溢血に襲われ、以後臥床する生活となった。十七年五月二九日死去、六十三歳。法名は白桜院鳳翔晶耀大姉。多磨霊園の寛の傍らに眠る。九月、平野万里によって遺稿集『白桜集』が編まれた。

寛の命日は「冬柏忌」、晶子は「白桜忌」と呼ばれている。

参考　永岡健右著『与謝野鉄幹伝』（桜楓社）
逸見久美著『評傳　與謝野鐵幹　晶子』（八木書店）
平子恭子著『年表作家読本　与謝野晶子』（河出書房新社）

（作成　古澤夕起子）

著者紹介

上田　博（うえだ　ひろし）

1940年　大阪市生まれ

1977年　立命館大学大学院文学研究科博士課程単位取得

現　在　立命館大学文学部教授　文学博士

主　著　『石川啄木　抒情と思想』（1994.3　三一書房）

『石橋湛山　文芸・社会評論家時代』（1991.11　三一書房）

『昭和史の正宗白鳥』（1992.12　武蔵野書房）

『尾崎行雄　議会の父と与謝野晶子』（1998.3　三一書房）

『〈風呂で読む〉牧水』（1996.5　世界思想社）

『〈与謝野晶子童話〉金魚のお使い』（1994.9　和泉書院　共編）

『明治文芸館Ⅳ』（1999.11　嵯峨野書院　共編）

『石川啄木〈知と発見シリーズ５〉』（2000.5　三一書房）

与謝野寛・晶子　心の遠景　〈検印省略〉

2000年９月30日　第１版第１刷発行

著　者　上　田　　博

発行者　中　村　忠　義

発行所　嵯　峨　野　書　院

〒615-8045　京都市西京区牛ヶ瀬南ノ口町39　TEL(075)391-7686/FAX(075)391-7321　振替01020-8-40694

ベル工房・糀谷印刷・兼文堂

ISBN4-7823-0312-2

明治文芸館（全5巻）

上田　博
瀧本和成　編

明治文学が発生し、発展し、展開した時代社会を〈明治空間〉として把え、その中で文学を読んでいこうという新しい試み。

〈明治空間〉〈明治文学〉に多彩なジャンルの執筆陣が様々な角度からアプローチを試みる。

第Ⅰ巻	**新文学の機運**	〔明治元年～20年頃〕	2001年3月刊行予定
第Ⅱ巻	**国会開設後の文学**	〔明治20年～27年頃〕	2004年3月刊行予定
第Ⅲ巻	**日清戦後の文学**	〔明治28年～30年初〕	2002年9月刊行予定
第Ⅳ巻	**20世紀初頭の文学**	〔明治30年中葉〕	1999年11月刊行
第Ⅴ巻	**日露戦後の文学**	〔明治39年～45年〕	2005年9月刊行予定
